運命の謎

運命の謎

小島信夫と私

三浦清宏

MIURA Kiyohiro

水声社

目次

I　運命の出会い

前書き

この文章は、平成二十九年（二〇一七）十二月十六日から令和二年（二〇二〇）十一月三十日までの間、五回にわたって、二十世紀文学研究会（語学の教員たちによる文学同人会。六十年近く続いている）で話したことをまとめたものです。話し言葉がもとになっていますので、その風合いも大事にしたく、あえて書き言葉には直しませんでした。なお、文章のところどころに、話の内容を短くまとめた言葉が先行してついていますが、それは私が話しやすいようにつけたもので、目次としてもわかりやすいということなので、そのままにしてあります。

序章　話の発端（私の芥川賞授賞式における小島さんの一言）

小島さんの略歴

　さて、ここにお集まりになった方々は、皆さん、小島信夫とはどういう人か、すでにおわかりであると思います。それを前提としてお話しさせていただきますが、念のため、略歴を簡単に言いますと、小島さんは大正四年（一九一五）、現在の岐阜市に生まれ、平成十八年（二〇〇六）、今から十四年前に、九十一歳で亡くなりました。安岡章太郎、吉行淳之介、庄野潤三などと共に「第三の新人」と言われた作家の一人で、「アメリカン・スクール」で芥川賞を取られた後、『抱擁家族』で小説家としての立場を確立され、やがて、『別れる理由』という、小説の常識を破る大作を書いて世間の評判となり、晩年になっても精力的に、小説の様々な可能性を探る長篇をいくつか書き続けました。難解で、前衛的であるとも言われましたが、若い作家たちに大きな影響を与えました。

私は、小島さんが「アメリカン・スクール」で芥川賞を取られてから間もなくお会いしまして、それからお亡くなりになるまで五十年余りの間、私の小説の恩師であったばかりでなく、家族的にも親戚同様、ときにはそれ以上に親しくさせていただきました。

芥川賞授賞式の私のスピーチに対する小島さんの一言

ところで、それほど親しくしていただいた小島さんについてお話しするのは、小島さんが亡くなった直後の「お別れの会」以来、はじめてのことです。本日、こうやって皆さん方の前で、小島さんのことについてお話しできるのは、中村邦生さんのお勧めもあり、二十世紀文学会の皆さん方のご好意のおかげですが、私は私なりに、この機会に話してみたいと思うことがありました。おそらく、今話すか、文章にしておかなければ、二度と発表する機会は来ないかもしれません。

それはどういうことかと言いますと、小島さんが私に言った、謎めいた一言についてです。

私が昭和六十三年（一九八八）に芥川賞をもらって、その授賞式のスピーチのときに、自分が小説を書きはじめた動機や、どうやって書いたらいいか、などということは、

「すべて小島信夫さんから教わりました。こうやって賞をもらうようになったのも、小島さんのおかげです」

と言って、私が海外から帰国して小島さんの家に寄寓するようになったとき、毎晩、七輪の上で牛鍋やら何やらを作ってくれながら、私を相手にえんえんと文学の話をしたことなどを、かなり長い時間をかけて話しました。後で編集者の一人から「あんなに長いスピーチは珍しい」と半分皮肉

を言われたほどです。

ところが、その後で小島さんを見ると、何となく浮かない顔をしているんです。小島さんは、人から褒められたりしても、嬉しそうな顔などしない人で、特に周囲に気を使う人でした。私も、ちょっと言い過ぎたかな、と思ったのですが、そのとき、彼は、こんなことを言ったのです。

「あれはウソだろう。かえって迷惑だったんじゃないか」

人の話の裏を見る、人の話に限らず、何事もその裏を見るのが小島流ですが、私は思わずキョトンとして、小島さんの顔を眺めました。

「すべて教わった」というのは、決してウソではなかったからです。

そのときは、続けて話をしようにも、会場の混雑に紛れて、それっきりになってしまい、それからも、それについて触れる機会がないまま過ぎてしまったのですが、小島さんの言葉はずっと頭にこびりついたまま残っていました。

私は、小島さんの思い過ごし、考えすぎだと、長いこと思っていたのですが、それから何年も経ったある日、ひょっとすると、小島さんの言ったことは案外正鵠を得ていたかもしれない、と思ったのです。「ウソ」ではないまでも、別な考え方もあったかもしれない。あの頃は受賞の騒ぎや会場の雰囲気や、その後の生活の変化などに呑み込まれて、冷静に考える余裕など生まれなかった。

「いや、小島さんという人はおそろしい、そんなことを考えていたのか」と、改めて小島さんの洞察力の鋭さに感心した次第です。

今日は、これからそのことについて、小島さんが言ったことは、本当にあり得たのだろうか、ということを、小島さんと私の付き合いの歴史の中で探っていきたいと思います。できるだけ具体的に、事実に即してお話ししたいと思いますが、話しているうちにあちこち脱線するかもしれません。それも小島流でおもしろい、と思っていただければ幸いです。

第一章　アメリカ・アイオワ大学での出会いと当時の小島さん

小島さんにはじめてお会いしたのは、一九五七年、昭和で言うと、昭和三十二年の八月か九月頃、アメリカ、アイオワ州のシダー・ラピッズというところにあったポール・イングル教授の自宅でした。

ポール・イングル

ここで、ちょっと、ポール・イングル教授について説明しますが、彼は、このシダー・ラピッズという田舎町の出身で、アイオワ大学の英文科を、論文代わりの一冊の詩集 *Worn Earth* によって卒業し、次に出した *American Song*（1934）という詩集が全米で一時ベストセラーになるほどの才能の持ち主でしたが、詩人としてよりは、アイオワ大学の創作教室 Writer's Workshop を全米で最も有名な創作教室にしたことで知られています。また、創作教室のディレクターを退いてからは、二度目の奥さんのホワリン（Hualing：華麗?・）と一緒に International Writing Program という、毎年世界中から詩人、小説家、翻訳家などの文筆業に携わる人々を集めて、二週間ほどの合宿生活を行い、意見交換をする、国際的なプログラムも立ち上げ、一時はノーベル賞の候補にも名前が上がったということを聞いています。

彼の創作教室の先生として教えた人たちの中には、ロバート・ローウェルやカート・ヴォネガット・ジュニア、学生として在籍した人には、フラナリー・オコナーやレイモンド・カーヴァーなど、日本にも知られた名前だけでも数人はおります。また、海外からの文学者たちの合宿には、日本からも大庭みな子さんや青野聰さんなどが参加したと思います。私も行ったことがありますが、そのときはディレクターがポール・イングルからカナダ人の作家のクラーク・ブレーズ（Clark Blaise）に変わっていました。

ここでちょっと脱線します。

ポール・イングルという人は愛国者というか、愛郷精神の強い人で、それは彼の若い頃の詩集の名前 *American Song* や *American Child* にも表れていると思いますが、生まれ故郷のアイオワの名前を世界に知らせたいというのが、今言ったプロジェクトを立ち上げた最大の動機だったようです。それは、彼が若い頃、オックスフォード大学に留学したときに、誰もアイオワのことを知らなかったという、屈辱的な経験にも依るようです。

ところが、愛国者だからといって、どうも、そんなにアメリカ人が好きだったわけでもなさそうです。というのは、二度目の奥さんは中国人の女性ですし、私の口から言うのもおかしいですが、私が行ったときも、日本人の私に、ずいぶん親しくしてくれました。何かあると自宅に呼んでくれ、例えば、海外から著名な作家が来たときに相手をするとか、ときには一緒に屋根に上って修理の手伝いをさせたりとか、他のアメリカ人の学生たちを差し置いて、呼んでくれたのです。あるとき、教室で、うっかり、ポール・イングルの自宅に呼ばれた話をしたところ、周りの学生たちが色めき立って、他に誰が来たのかとか、いろいろ訊かれて、困ったことがあります。ポール・イングルは多くの学生たちから依怙贔屓の強い先生と思われていたようです。

彼がInternational Writing Programのディレクターを辞めたときにも、ちょっとした話があります。イングルさんは、それまで彼のプロジェクトを財政的に支えてくれた企業やパトロンのところを回って、自分は辞めるから、もう金は出さなくてもいい、と言ったというのです。このことは、私は、後任のクラーク・ブレーズさんだったか、私をアイオワに呼んでくれた英文科の先生だったか、どちらか忘れましたが、「困りましたよ」と言いながら話してくれたのを覚えています。

脱線ついでにもう一つ。

今、イングルさんが「企業やパトロンのところを回った」と言いましたが、金集めというのが、彼にとっては最大の問題であり、「最も大事な」と言ってよい仕事でした。そのためにはなりふり構わず、ときには、学生たちを動員することもあり、地元の最大の企業であるキャタピラー社（戦車のキャタピラーを作る会社）のお偉いさんたちの前で、詩の朗読をさせられたと言って憤慨していた学生もいました。

私も経験がありますが、私の場合は、ニューヨークの大富豪の家を訪問しました。その頃私は、アイオワ大学を飛び出して、ニューヨークのマンハッタンで、取り壊し寸前のビルの一室に住み、日系旅行社のアルバイトをしていました。イングルさんから連絡があって、私は彼をビルトモア・ホテルに訪ね、タクシーで一緒にパークアヴェニューに行き、アパルトマン形式の長く連なる住宅の、その一フロアを全部占めていたお宅に伺いました。

入ってみてびっくりしたのは、内部が全部青と白と金のルイ王朝式住宅の輸入材でできていたことです。しかも、真ん中のディヴァンに横たわっていたのは、足の指先までも隠す絹の長いドレスを着た中年の婦人で、すぐそばのテーブルの上には印象派か何かの画集が開いて置いてあるという、まさに十九世紀末フランス貴族の家にでも来たような光景でした。

イングルさんはどうしたかというと、何のためらいもなく、ツカツカと婦人のそばまで進んで行き、腰をかがめて彼女の手を取って、接吻したのです。驚きましたね。アイオワのとうもろこし畑に囲まれた大学で、我こそは、という面構えをしているポール・イングル教授が、まるで女王様に会うように、うやうやしく腰をかがめて年寄りの女の手に接吻する。これも金のためかと思うと、イングルさんが気の毒になりました。

幸いなことに、私は詩の朗読はしなくて済みました。もっとも、シャンソンでも歌えばよかったかもしれません。旅行社で働いていましたので、お土産に持ってきた日本航空のカレンダーを差し上げましたが、これもじつは、イングル教授に頼まれて持ってきたものでした。

イングル教授という人はそういう人でした。小島さんが、「あの人はビジネスマンのようだ。詩人とは思えない」と言ったのも無理からぬことです。

はじめて小島さんと会った日

小島さんがそう言ったのは、お会いしてしばらく経ってからのことですが、イングルさんとは最初の頃はなかなか馴染めなくて、お互いに困ったようです。

私は小島さんのことを含めて当時のアイオワの状況を、「とうもろこし畑の詩人たち」（一九九〇）という小説に書きましたので、それを引用しながらお話ししたいと思います。引用するのは、事実に基づいて書いた部分だけです。

まず、ポール・イングルの自宅ではじめて見た小島さんの姿。

　ダブルの背広に小ぢんまりと身を包んだ木下（小島さんのことです）は、隣の部屋に通ずるドアのすぐ前に立って、誰に対してでもなく、強いて言えば、部屋全体に対して微笑を浮べていた。

　それを見て、主人公の「喜代志」、私ですが、他の客と話しながら、誰かがそのドアを押して入って来たら、ぶつかるんじゃないかと心配する。果たして、数分後に、イングルさんの七歳になる娘さんが入って来て、小島さん（＝木下）にぶつかりそうになるが、さすがに慣れていると見えて、半開きのまま手で押さえて、中の様子を見た後、入ってくる。小島さんは、何かが起こったのが嬉しいとでも言いたい様子で、にこにこする。

このときのパーティには他にも英国人やアメリカ人の男性二人と中国人の女性の作家たちがいましたが、小島さんは彼らが話し合うのを遠巻きにして眺めているという様子で、後で喜代志に、自分はこういうパーティは苦手なんだ、と言います。パーティが終わって、イングルさんが客たちをそれぞれ車で送り届けた後で、「コジマはエンジョイしただろうか」と喜代志に訊きます。喜代志は、「そうだと思います」と答える。

小島さんは、このときは、ロックフェラー財団の招きで来ていて、おそらく財団は、作家だから創作教室のあるアイオワがいいだろうと思って、寄越したのではないかと思います。ロックフェラー財団のお声がかりですから、イングルさんも気にしたでしょう。彼は、小島さんの受賞作である「アメリカン・スクール」を英語に翻訳させて、雑誌に売り込もうとしました。

翻訳を頼んだのは、名前は忘れましたが、日系二世の女性で、売り込んだ先は、『バザー』とか『マドモワゼル』などの、イングルさんの得意先である雑誌だったようですが、いずれもうまく行きませんでした。

小島さんは四月にアイオワに来て以来、ずっとその仕事をやっていて、私が来たのは八月でしたから、その間、ずっとイングルさんと打ち合わせたり、気の進まないパーティに出たりしていたわけです。イングルさんも困っていて、私が来て、彼とのパイプができて、ほっとした、というところではなかったでしょうか。

私がアイオワに来た理由

ここで、どうして私がアイオワに来るようになったかを、かいつまんでお話しします。

私は一九五二年にアメリカに来て以来、ずっとカリフォルニアのサンノゼ州立大学で学んでいました。はじめは社会学部、次には歴史学部と、学部を変わった後、一応歴史学部を卒業しましたが、英文学部に再入学し、詩の創作教室（Poetry Workshop）で英語の詩の勉強と創作をはじめました。

アメリカに来た当初は、戦争で負けた日本のためになるような勉強をしたいと思ったのですが、どうしてもおもしろくなく、結局、自分の好きなことをやるしかないと、腹を括ったわけです。私は、アメリカに来る前には詩を書いていましたので、好きなことと言えば詩を書くことでしたが、アメリカで日本語の詩を書いていては大学に残ることはできません。その頃は、大学にいなければビザがもらえず、日本に帰るしかありませんでしたので、まあ、やむを得ず、というか、必要に迫られて、英語の詩を書きはじめたわけです。

そして、半年ほど過ぎた頃、雑誌 *LIFE* の特集記事にアイオワ大学の Poetry Workshop のことが、ポール・イングル教授の大きな写真入りで出ていたのを読みました。そして、「これだ」と思ったんですね。ここに行って勉強しよう、と。

そう思い込むと、「めくら蛇に怖じず」で、A4判の用紙にタイプして三〇ページほどに及ぶ“A

“Portrait of a Lady”という詩を書きまして、ポール・イングル教授宛に送り、Poetry Workshop に入れてくださいと頼みました。

この詩は、ある中年の婦人と一緒に、彼女の車で、サンフランシスコへ絵の展覧会を見に行ったときのことを詠ったもので、留学生の眼に映った現代アメリカ都市の景観や、展覧会での現代絵画の不可解さと対照的に、それらをすべて呑み込んでしまうかのように、町を包んで横たわる夜の海の不気味さを描いたものです。題の“A Portrait of a Lady”は、T・S・エリオットの同名の詩から借りたもので、その頃はT・S・エリオットに心酔していました。というより、詩を書く学生たちの間ではT・S・エリオットは神様のような存在でした。

まあ、後から読むと、極めて稚拙な詩ですが、おそらくイングル教授は、そうやって自分を売り込んでくる若者に、アメリカ人として共感を覚えたのか、それとも、書き手が日本人の留学生だったので、興味を惹かれたのか、両方だったのか、まあ、そんなところでしょう。

ちょうど、私が行く前に、佐藤さんという方が日本から来て、日本の詩をいくつか翻訳してアンソロジーを作って、帰られたところでした。代わりにちょうどいいと思ったんじゃないでしょうか。私がアイオワに行って、一学期が終わると、イングルさんは次の学期に奨学金を出してくれました。一応及第というところです。

「アメリカン・スクール」の翻訳について

さて、本題に戻って、小島さんの「アメリカン・スクール」の翻訳についてですが、小島さんは、翻訳者である日本人二世の女性の日本語の理解が不足しているのではないかという懸念を持っていました。例えば、主人公の伊佐が、アメリカン・スクールまでの長い道を歩いているうちに、靴擦れが激しくなって、裸足で舗装道路を歩き出すところがありますが、

その道路はじっさいハダシがいちばん快適であった。なぜなら自動車のタイヤは一種のハダシみたいなものだからである。

と書いてあります。これを翻訳すると、アメリカ人にはわからない、と言われたそうです。自動車のタイヤは自動車のタイヤであって、ハダシとは関係ない、ということでしょう。

じつは、主人公の伊佐は、アメリカン・スクールの授業参観に行くために、日頃履き慣れない革靴を履いてきたのですが、参観者の教師たちは、アメリカ軍が舗装した長い軍用道路を歩かされ、伊佐の足はたちまち靴擦れを起こしてしまう。痛くて歩けないから、靴を脱いで裸足で歩きたいと思うのですが、周囲の教師たちから、アメリカ人に見られると恥ずかしいからと言われ、無理やり歩く。そのうち、どうしても歩けなくなり、周りを教師たちが囲んで、通りがかりのアメリカ兵たちから見えなくして、やっと歩き出す。そのときの感想なんです。米軍専用の舗装道路ですから大きなタイヤの軍用車両が何台も通り過ぎる。そのタイヤのために作られた道路の上を歩いて行く、おれの足もそのタイヤ並みになった、というのは、実感としてよくわかりますね。そういう微妙な感じが、二世の女性の英語では伝わらなかったのでしょう。もっとも、その人に限らず、これをた

だ直訳しただけではダメで、もっと微妙に表現しなければ作者の思いは伝わらない。しかし、それは至難の業と言っていい。

もともと、この「アメリカン・スクール」で表現されている、敗戦から来る屈折した羞恥心や屈辱感は、戦勝国民であるアメリカ人に理解してもらうのはものすごく難しい。単なる屈辱感や、それに基づく反抗心ならわかりますよ。例えばボクシングで負けた相手が屈辱と復讐に燃える気持ちは、彼らは十分理解できます。今で言えば、タリバンやＩＳがアメリカを呪う気持ちはわかるでしょう。しかし、戦後の日本人が抱いた、負けて恥ずかしいという気持ち、英語教師である伊佐が、英語を話すのが恥ずかしくて、通訳するはずの黒人の米兵のジープから逃げ出して、茂みの中に隠れて出てこない、というような恥ずかしさは、日本に住んだことのあるアメリカ人ならともかく、一般のアメリカ人には到底理解できないと思います。

今思えば、小島さんは、イングルさんの家のドアの前で、伊佐の気持ちで立っていたんですね。本当は隠れてしまいたかったんでしょう。


その他にも私は、「アメリカン・スクール」について、例えば、美術の授業を受けているアメリカ人の子供たちが、伊佐たち日本人を見て、彼ら（子供たち）が作って天井からぶら下げてあったアンコウやトビウオや金魚を指差した、というのはおかしい、アメリカでは他人の体の特徴を公然と指摘することは、たいへん失礼だと思われている、とか、女性教師ミチ子が、伊佐を追ってつんのめり、箸を入れた袋を投げ出して倒れたときに、校長先生が大声を上げたのはいいとしても、怒鳴って叱ったり、ミチ子を助けようと、手を差し出さなかったのは、アメリカ人らしくない、というようなことを言いました。小島さんはいちいちもっともだというように、頷きながら聞いていましたね。相手の言うことを、まず、無条件で受け入れるのは、小島さんの流儀で、その後が怖いんですが、あのときは本当にそう思ったようです。

「アメリカ人になりたい」四十の青春

あなたはアメリカやアメリカ人のことをよく知っていると褒めてくれましたが、私が図に乗って、「ぼくは日本を出るときに、日本との縁はすべて切ってしまおう、アメリカに行ってアメリカ人になるんだ、ぐらいのつもりで来たんです」

と言いますと、

「私もアメリカ人になりたいですよ」

と、真顔で言われました。アメリカの明るく開放的な風土は、彼にも新鮮だったようです。

こんなこともありました。

学生たちが主催するバザーに一緒に行ったときのことですが、古着を目方売りするコーナーがありまして、私はオーバーコートを一着二ドルほどで買いました。小島さんは、はじめは見物ぐらいのつもりで来たんですが、そのうちくすんだ紅い色のセーターを選び出し、

「私は四十を過ぎたところですが、今が私の青春ですよ」

と、そのセーターを胸に当てて見せました。

青春にしてはくすんだ色だな、と思いましたが、とても嬉しそうだったので、「もうちょっと派手なのにしてはどうですか」とは言い出せませんでした。

学生時代に奥さんをもらって、お子さんもでき、教師と家庭の両方を何とか成立させながら、小説を書いてきた小島さんにとって、「青春」という言葉は実感が籠もっていたと思います。

小島さん四十二歳、私が二十七歳の夏のことです。

小島さんとの交流——毎日訪ねてきて困った

はじめてイングルさんの家で会った翌日から、小島さんは毎日のように私を訪ねてきました。

私はアイオワ川を渡って少し坂を登った右手にある「カドラングル」という学生寮の一室に住んでいました。小島さんは、大学の外の民家に部屋を借りていました。私が、授業が終わって、午後二時か三時頃部屋に帰って、ドアを開けると、小島さんがソファに埋まるように坐って、煙草をくゆらしているのです（この頃、彼はまだ煙草を吸っていました）。アイオワは北国ですから、夏を過ぎると日足が早くなります。小島さんは、暗くなった部屋の中で、電灯もつけずに坐っているので、私がドアを開けて入ると、暗がりの中に人影が動いて、びっくりしたこともありました。アイオワ大学は三十万坪もある敷地の中にあり、小島さんはその外れの町から、数キロにも及ぶ道を、ほとんど毎日歩いて訪ねて来たのです。

私はといえば、ちょっと、と言いたいところですが、ちょっとどころでなく、大いに、困りました。

アメリカの大学は宿題がたくさん出るのはご存知でしょう。Poetry Workshop の学生は、詩を書くのが宿題みたいなもので、本をたくさん読むよりは楽でしたが、一学期間に取る学習単位の最低のノルマがあり、私はイングルさんの勧めで、Understanding Poetry という詩を読む初級のクラスと、Modern Criticism という専門的なクラスの二つを取っていて、どちらも予習が必要だし、特に Modern Criticism は、分厚い本を読むだけでなく、ときどきレポートを書いてゆかなければなりませんでした。

でも私はこの Modern Criticism というクラスが大好きで、このクラスを通じて New Criticism という、T・S・エリオットを頂点とするアメリカにおける新しい詩と評論の流れを知ったばかりでなく、それが、イングルさんの Poetry Workshop とも密接に結びついていることを、後で知るに至るわけですが、それはまた、後ほどお話しいたします。

そういうわけで、授業が終わって、部屋に帰るたびにドキッとしたのですが、しかし私は、「帰ってください」とか、「これから宿題をやりますから」とか、そんな邪魔者扱いするような言葉は一切口にしませんでした。むしろ一方では、小島さんに会うのを喜んでいたと言えます。海外に行くと、日本人と会って、日本語で話をするのは、一種の息抜きになりますが、私はそれまですでに五年も、日本語抜きの生活に慣れてはいたものの、やはり日本語を話すのは気楽でしたし、それ以上に、小島さんと一緒にいると、親しい身内の人間と一緒にいるような安らいだ気持ちになったのです。それは小島さんとお付き合いのあった皆さん方も経験されたことだと思います。その上、小島さんは、話し上手というか、聞き上手で、話しているうちに、何でも打ち明けて話したくなる人でした。また、非常に話題が豊富というか、好奇心の旺盛な人で、どんな話でも興味を持って聞いてくれましたし、ご自分でも、こんなことまで話されていいのだろうかと思うような、打ち明け話でも何でもされました。

「女しか楽しいことはない」

その頃聞いた言葉で印象に残っているのは、
「結局、世の中で楽しいことは、女しかありませんよ」
という一言です。

そのときどんなことを話していたのか、今はもう記憶にありませんが、小説を書くことを含めて、絵を見るとか、友達と酒を飲みながら話をするとか、人生の諸事万端にわたって、何が一体やり甲斐のあることだろうかという話になり、しばらく沈黙が続いた後で、小島さんがひょいと口にした言葉だったと思います。

私は、小島さんが、「小説を書くことです」ぐらいのことを言われるのかと思っていたのですが、まさか、「女しか楽しみがない」と言われるとは思ってもいませんでした。じつは、小島さんが、何か未来に希望があるようなことを言って、私がアイオワで一生懸命勉強していることの励みになることを期待していたのです。「それじゃ、おれが今やっていることは、何になるんだ」と、しばらく言葉が出なかったことを覚えています。このときの小島さんの言葉が私の小説の中に出ていますので、引用してみます。

「ぼくが『女が楽しい』と言うのは、女が謎だからですよ。あなたはどう思うかしらないが、ぼくには女は不思議でならない。どうしてあんなふうに笑うのか、どうしてあんなふうに歩くのか、どうして化粧をするのか、どうして男をダマすのか――要するに、どうして女は女であるのか。世の中にはいろんな謎があるけれど、底を割れば簡単なことが多い。ところが、女は永遠にわからない。男女の関係は、と言ってもいいです。わからないからおもしろい（……）」

これは日本に帰ってから聞いた言葉ですが、

「女が目の前を通るというだけで、胸が苦しくなってくる」

女と言っても、残念ながら年寄りではありません。まあ、二十代から五、六十代ぐらいまでの女性でしょう。確か、これを聞いたのは、一九六〇年代に大学紛争があったときのことです。学生によって大学が封鎖されたために、われわれ教師たちは、近くのよみうりランドの大広間を借りて教授会を開いたのですが、そのとき、お茶のサービスをする事務員の女性たちが、靴を脱いだストッキングの脚で、坐っている我々の前を、茶碗を乗せたお盆を持って行き来したときのことだったと思います。

アイオワでも、似たようなことを私は小島さんから聞きましたが、じつは、それがちょっとした事件に発展したのです。

小島さんが部屋を借りていたのは、中年の夫婦が暮らす家庭だったと思いますが、洗面所は共用だったのか、それとも別々にあったのか、そこのところははっきり聞いてはいませんが、それはともかく、小島さんが言うには、女物、たぶん奥さんの櫛に、金色の髪の毛が数本絡まって置いてあるのを見ると、胸に迫るものがある、と言うんです。そうして、ある日の晩、小島さんは、何か考え事をしながらだったらしいんですが、洗面所で奥さんが櫛で髪を梳いているのを、たまたま半開きになっていたドアの向こうからぼんやり眺めていたらしい。あるいは、ちょっと立ち止まって眺めていたのを奥さんに気づかれて、急いで立ち去ったのか。とにかく、翌朝、そこの主人から、家内の具合が悪いから、出ていってほしい、と言われたそうです。

小島さんの女性への執念は、小島文学の基本と言ってもいいと思いますが、改めて、それが尋常なものではなかったということに気がつきます。

さて、文学に関する話をしましょう。アイオワでは女の話ばかりしていたと思われるのは困りますからね。

日本人作家の不安

私の手元には、当時小島さんが持っていて、私にくださった単行本『アメリカン・スクール』があります。昭和二十九年九月、みすず書房発刊の初版本で、定価二百八十円。「三浦清宏兄　小島信夫」と、ペン書きで署名してあります。

いかにも戦後間もなく出たという体の、紙の質が悪くて薄っぺらい、今から見ると粗雑な作りの本です（出席者に回して見せる）。

小島さんはその他にも五、六冊の異なる単行本をアメリカに持ってきて、イングルさんにも見せたそうです。あまりいい反応ではなかったらしい。そのことを「とうもろこし畑の詩人たち」の中に書いてありますので、引用してみます。これは小説ですが、かなり本当の話です。

木下（小島さんのことです）は、

「作家になってから二、三年で五冊も本を出したと言うと、アメリカ人にバカにされますから」

と言った。その「アメリカ人」というのは、たぶんフェニング教授（ポール・イングル）のことではないかと、喜代志（私のことです）は思った。例の、ちょっと人を小馬鹿にしたような笑いを浮べて、大げさに感心したのだろう。

「アメリカでは一年に一冊出せばいいらしいね。ゆっくり、そのことだけに時間をかけるように、作家の生活は出来ているらしいですね。日本じゃ雑誌にしょっちゅう書かされるから、なかなか時間をとって長いものが書けませんよ」

「日本だって、雑誌に書かないで、ゆっくり長いものを書くことは出来ないんですか」

「それがなかなかそういかないんでね。雑誌に書いてないと不安になるんですよ。忘れられるんじゃないかと思って。日本人は飽きっぽいし、忘れっぽいですから。ぼくなんかも、こっちに来て、忘れられるんじゃないかと、ときどき不安になりますよ」

「忘れられたら、忘れられたでいいじゃないですか」

喜代志はいままでの借りを返すつもりで、言った。

(それまで小島さんにいろいろやり込められていたんです)

「またいずれいいものを書けば。そうすれば長篇だって書けますよ」

「あなたの言う通りですよ」

木下は図星を指されたというように、うなずきながら言った。

「ぼくらは渦中にいるものだから、見えなくなるんです。いいことを言いますね」

晩年には自己流を貫き、編集者泣かせの、ふてぶてしいほどに見えた小島さんでさえ、駆け出しの頃はこんなことを考えていたという寸話です。

詩と詩論の重要性

先ほどT・S・エリオットや新批評 New Criticism の話を少ししましたが、当時のアメリカ文学界、正確に言えば、大学の詩や小説の創作教室は、この流れが主流でした。

アメリカの文学界と大学の創作教室とを一緒にするのはどうかと思われるかもしれませんが、アメリカでは英文学部の力が強く、中でも Creative Writing のコースというのは全米の創作活動の中心といってもいい存在でした。今もそうではないかと思います。もちろん、独立した作家たちはそれぞれ個人で仕事をしますが、彼らを世に送り出すのは大学の創作教室であり、卒業した彼らの多くは、どこかの大学の創作教室の先生となっています。

更に付け加えて言うなら、アメリカに限らず、イギリスもそうではないかと思いますが、文学理論の中心となるのは詩Poetryでして、小説ではありません。小説は、小説論というのはありますが、大学で文学理論として教えられることはまずない、というか、Literary Criticismとして真っ先に教えられるのは詩の理論です。私が取った、Modern Criticism「現代批評論」と銘打った授業もまったくそうでした。

これは私が在学した、今から六十年も前の話なので、現在のことはわかりませんが、とにかく、詩Poetryがいかに重視されていたか、ということをおわかりいただければ、当時の詩や評論界におけるT・S・エリオットの存在の大きさも、十分ご理解いただけると思います。彼の「情緒の代換え物（Objective Co-relative）」という考え（その他には「曖昧さ（Ambiguity）」や「シンボル（Symbol）」）などが、クレアンス・ブルックスやロバート・ウォレンなどのニュークリティシズムの象徴論を支えていて、彼らの共著である*Understanding Poetry*という本が、全米の大学の英文科の教科書に採用されているのですから、その影響の広さもわかります。

エリオットの評論集と小島さん

私もエリオットの評論集の一冊を手に入れて、愛読しました。なんといっても、アイロニーの効いた論理の軽妙さ、洒脱さに惚れ込んだといったらいいかもしれません。英語そのものも、決して格式張らずに、読みやすい、と思ったものですから、小島さんにもぜひ読んでもらいたい、そうして、自分が今関心を持っているアメリカの文学批評理念の一端にでも触れてもらいたい、と考えて、その本をお貸ししました。

ところが、四、五日経った頃、本を持ってこられて、

「これはぼくにはとてもダメです」

と言って、返されました。

その言い方が、あまりに断定的だったので、

「どうしてですか」

と訊く気にもなりませんでした。

とにかく、地面を這うような、手でいじり回すような、具体性を重んじる人でしたから、「論理の軽妙さ、洒脱さ」などは肌が合わなかったのだろうと、私は今でも考えていますが、皆さんは、どう思われるでしょうか。

当時のアメリカ文学界の状況

ついでながら、簡単にその頃のアメリカの文学状況についてご説明しますと、小説の方ではヘミングウェイ、スタインベック、フォークナーなどの大家たちが晩年を迎えていましたが、まだ健在で、スタインベックの『エデンの東（*East of Eden*）』が出て、評判の高かった頃です。

それに続いて台頭してきたのが「ビート・ジェネレーション」と言われる作家たち、特に、小説

家のケルーアックと詩人のギンズバーグです。ケルーアックの『路上（*On the Road*）』（一九五七）は、私がアイオワに行った年に出たばかりで、まだ評判にはなっていませんでしたが、ギンズバーグの詩集『吠える（*Howl*）』（一九五六）は、その一年前に出て、世間の評判になり、アイオワの詩人たちもたびたび話題にしていました。これについては、また後で述べます。

一方、「ユダヤ系作家」として後に活躍するようになる若手たちの中では、J・D・サリンジャーが『ライ麦畑で捕まえて』（一九五一）、『ナイン・ストーリーズ』（一九五三）などを出してぼつぼつ世間に認められてきた頃ですが、まだその名はアイオワには届かず、その他バーナード・マラマッド、フィリップ・ロス、ソール・ベローなどは、まだこれからという頃でした。ちなみにフィリップ・ロスはアイオワの創作科 Writer's Workshop で教えていたことがあり、マラマッドもベローも他の大学の創作科の先生でした。また、南部の俊英作家、トルーマン・カポーティも、まだ、出世作の『ティファニーで朝食を（*Breakfast at Tiffany*）』（一九五八）を出す前でした。

文学史的に言うならば、アメリカ現代文学のちょうど転換期に当たるおもしろい時期だったと言えます。

ちなみに、ちょうどこの頃、鈴木大拙がニューヨークを拠点に全米で禅の講演を行い、彼の著作と共に、アメリカの知識層に強い影響を与えました。サリンジャーもその影響を受けた一人であり、ギンズバーグやゲイリー・スナイダーなどビート詩人たちも、精神的な支柱を、禅などを通じて日本や他の東洋文化に求め、それが結局、それまでの自己満足的なアメリカ文化への批判となり、アイオワを中心とする創作教室出身の作家や詩人たちへの反感、へと繋がってゆくわけです。

私の日本語の詩が時代遅れだと言われたこと

さて、いよいよ、話は核心的な部分へと入ります。私が小島さんから決定的な影響を受けたという お話です。

私は、英語の詩を書く合間に日本語の詩も書いていましたが、あるとき、それを小島さんに見ていただいたのです。いろいろ言われましたが、小説ではそれを圧縮して書いてあります。

「ところで、あなたの詩だけれど」

と（木下は）言った。それからちょっと言葉を切り、気持を集中させてから、

「読ませてもらって楽しかったですがね。日本語が少し古いというか、言葉に新鮮さが欠けている気がする。つまり、説明的になってるんですよ」

と一気に喋り始めた。

「『汽車は走ってゆくだろう／日影落ちる北国へ／やがて来る吹雪の中へ／鉄に閉された静かな炎が／暗い嵐の中で／より激しく燃え上る日のために』。こういうところですよ。『静かな』『暗い』『激しく』と形容詞が多すぎるし、全体が感動をなぞっているだけです。言葉というものは、一つ一つが立っていなければならない。一つ一つが感動を呼び起さなければダメなんです。小説だってそうですが、詩はことに言葉が生命ですからね。あなたは根本からもう一ぺん考え直す必要がありますね」

木下（小島さん）は喋っているうちに、だんだん興奮してきたようだった。喜代志（私のことですが）は熱くなっていた胸の中に冷水を浴びせられた気持になった。

「ぼくはたぶんあなたが長いことアメリカにいるせいだと思うんです」

木下は少し落着きを取り戻して言った。

「日本語がわからなくなってきていると思うんです。イッセイの人なんかが古い日本語を使いますね。あれと同じ現象が起りつつあるんだと思います。あなたの詩ははっきり言うと、大正か昭和初期の詩ですよ。今の日本の詩は言葉の使い方が全然違います。もっともそれだけが取り柄だと言ってもいいですがね」

彼は自分の言葉に興奮し、それにつられて笑った。

『アメリカン・スクール』を私が批判したときのカタキを取られたわけです。小島さんと付き合っていると、いつかは必ずカタキを取られるんです。

私の英語の詩、および、英詩の特徴と変化

ここで私の英語の詩について一言弁護しておきます。日本語の詩がダメなら、英語の詩もダメだったかというと、そうでもないのです。おそらくそれは、小島さんが言った、イッセイの人の日本語の譬えとは反対に、古い英語を知らない外国人だったからでしょう。

例えば、「紙のように薄っぺらで軽い頭」というのは日本語としてそうおかしくはないですね。

英語で言えば“Brain as light and thin as paper”ということになりますが、詩ではそれは長すぎるので、私は“paper brain”としました。そうしたら、それがおもしろい、と言われました。paper も brain も名詞ですから Paper brain とすれば「紙の頭」ということになり、事実としては矛盾していますが、なんとなく意味はわかる。私は英語の慣用的な用法には慣れていないので、Paper brain と言っても、おかしいとは感じなかったのです。

それからもっと重要なことは、英語の詩というのは、一種のスピーチです。自分の思いを効果的な表現によって述べるのが詩ですが、述べる方に重点があって、表現の方はそれを手伝う程度です。ですから感情の表現と言っても、内容は論理が中心になります。「こういうわけでおれは悲しいんだ、とか、嬉しいんだ」と、理屈が入るわけです。まあ、これは、西洋文学の宿命とでも言ったらいいかもしれませんね。

私のような日本人は、どっちかというと、理屈は嫌いですから、表現で行く。花はどんな風に咲いているか、鳥はどんな風に飛んでいるか、枝の上に鳥が止まって、秋の夕暮れは淋しい、というわけです。それが自分とどういう関係があるのか、人間の生き方とどう結びついているのか、宇宙の動きの何を表しているのか、などということは一切言いません。

そういうことに気がついたのが、T・S・エリオットやエズラ・パウンドなどのイマジストなんです。エリオットもパウンドもフランスで暮らしていて、二人ともボードレールやランボーなどの象徴派詩人たちから影響を受けています。パウンドは俳句の影響も受けていて、英語の俳句のようなものも作っています。スピーチ中心の詩ではなく、表現を重視しよう、思いを述べるのではなく、思いを表現するシンボルこそが大事なのだ、というわけです。

それを理論化したのがクレアンス・ブルックス等のニュークリティシズムです。そしてそれが、アイオワばかりでなく、全米の詩の教室の基本姿勢になっていた、なりつつあった、そういう時代だったのです。

ですから、わたしのようなふらりと来た日本人にとって、とても居心地のいい時代だったわけです。向こうの人間から見れば、こいつは新しいことをやっている、もっと書け、というわけです。実際に、私は、イングルさんじきじきではなかったのですが、イングルさんの代講を務めるドナルド・ジャスティスという、後に名を残す詩人から、授業の後で、

「そろそろあっちこっちの雑誌に書いて、小遣いを稼いだらどうだい」

と勧められたことがあります。こんなことははじめて言うことですが、私ももう先がないので、笑われても、そんなに長くはないと思って、言います。

私は、学生時代は、ヴェルレーヌにはじまって、ランボー、ボードレールなどを愛読していました。みんな日本語の訳ですが。特に、小林秀雄訳の『地獄の一季節』は大好きでした。アメリカに行ってからは、ボードレールの村上菊一郎訳『悪の華』を日本から取り寄せて、持ち歩いていました。アメリカではT・S・エリオットを読み、マネもしましたが、たまたま手に入ったリルケの詩集『薔薇』の堀辰雄の訳を読んで、すっかり気に入り、リルケに捧げる詩、というような感じの詩を作ったりしていました。

要するにイメージ中心の詩ということですが、やっぱり、そこは、今度はその逆が弱点というこ

とで、何を言いたいのか、ということがはっきりしない。詩を支える強い思いが欠けている。そのときはまだボロは出さなかったのですが、そういう弱点は感じていましたね。

小島さん、アイオワを去る

小島さんはその後、テレビもない、自動車も使わない、という、開拓者時代の姿を留めた、近隣のクエーカー教徒の町を見に行ったりしてから、十月だったと思いますが、早朝、汽車に乗って、アイオワを去って行きました。私は当然、お見送りしたのですが、駅と言っても駅舎も何もない、ただ、線路脇に土を盛ってコンクリートで固めたホームの上に、他に客の姿もなく、果てしないとうもろこし畑の上に拡がるどんよりした冬空の下に、例の目方で買った外套を着て立ち、小島さんを乗せて畑の中に消えてゆく、古ぼけた数台の客車の影を見送りました。アメリカならではの淋しい光景でした。

「日本に帰ったら、ぜひ会いに来てください」と小島さんは言いましたが、いつ帰ることができるのか、当てもなく、(なにしろ、奨学金を頼りのその日暮らしの生活でしたから)、しかし、日本に帰らなければダメだという、強い思いだけは胸の中にしっかり芽生えていました。

わずか二ヶ月ほどのお付き合いでしたが、「運命の出遭い」というものがあるなら、私にとっては、それはこの小島さんとの二ヶ月だったと思います。

次に、簡単ながら、その後の経過をお話しします。

小島さんはまずシカゴに行き、そこで一日か二日滞在した後、ワシントンD・Cにある黒人専用の大学、ハワード大学へ行かれました。シカゴではどういう伝手だったかわかりませんが、そこに滞在している日本人の女性に案内してもらったようです。シカゴを発った後でくださった手紙に依れば、久しぶりに会った日本人女性にぼーっとなってしまい、思い出すと胸が苦しくなるというようなことが書いてありました。

ハワード大学へ行った理由はよくわかりませんが、「アメリカン・スクール」の中にも黒人兵のことが書かれてあるので、黒人には関心を持っていたと思います。おそらく、日本人にも通じる「弱者」としての関心だったのでしょう。

イングルさんは、小島さんが「ハワード大学へ行く」と言ったときに、「どうしてそんなところへ行くのか」と言ったらしいです。

もっとも、イングルさんの奥さんは、小島さんがアイオワに来たときに、「どうしてこんなところに来たのか」と言ったといいます。

小島さんが、

「ロックフェラー財団の紹介です」

と答えると、

「ロックフェラーは何にも知らない」

と言ったとか。

奥さんは相当な鬱病で、その後、離婚されました。

ケネス・レックスロスの本を批判

さて、私の方はといえば、ちょっとした出来事がありました。ある日、イングルさんから呼び出されて、一冊の本を渡され、書評してみないかと言われたのです。それは、詩人のケネス・レックスロスが日本の俳句や和歌を訳したアンソロジーで、左のページにローマ字で書いた俳句や和歌、右側にはその訳が載っていました。俳句や和歌はよく知られたものばかりで、すぐ見当がつき、しかもそんなにたくさんはなかったので、書評するのは楽だと思いました。イングルさんは、「気が進まなかったら、やらなくてもいい」と言うのですが、彼の助手としての奨学金 Assistanceship をもらっている手前もあり、断る理由もないので、引き受けました。ところが、

「うんとキビシクやれ」

と言うんです。

その席には彼の代講を務めるドナルド・ジャスティスもいて、二人からレックスロスの評判の悪さなども聞きました。

ケネス・レックスロスはサンフランシスコ在住の、いわゆる「ビート詩人」の一人ですが、素行の悪いのでも有名で、「マリュワナ詩人」とも呼ばれ、留置所に入れられたこともあります。私は知りませんでしたが、アイオワの詩人たちを目の敵にして、ことあるごとに攻撃していたらしいです。

先ほども言いましたが、T・S・エリオットにはじまる知的、象徴的な詩のムーヴメントは、全米の詩の教室 Poetry Workshop に拡がっていましたが、特にその中心と見なされたアイオワは、ビ

ート詩人たちの攻撃の的で、彼らが最も嫌悪する「お上品な伝統」や「気取ったアカデミズム」の典型と見なされていました。彼らの言葉に依れば、アイオワの連中は、「百姓インテリ（Farmer intellectual）」であり、「とうもろこし畑の詩人たち（Cornfield poets）」であり、「象徴ゲームのプレイヤー（Symbol game player）」でした。イングルさんやジャスティスが「キビシクやれ」というのもムベナルカナです。

私が最初に書いていった書評は、「甘すぎる」と言われて、書き直しさせられ、二度目に持っていったのが、「まあ、いいだろう」と言われて、ジャスティスの書いた推薦文にイングルさんが署名して、*Poetry* という雑誌に送りました。

自分を弁護するようでおかしいですが、レックスロスの俳句や和歌の翻訳は、いかにもビート詩人らしい、粗野で、大まかなもので、到底日本語のニュアンスを汲み取ったものとは言えませんでしたから、キビシクしようとすればいくらでもキビシクできたのです。

この書評は、結局採用されませんでした。ラゴスという編集者からたいへん丁寧な断り状が詩の教室宛てに送られてきました。

私はほっとしました。

イングルさんは、

「こんなものだ」

と、皮肉な笑いを浮かべていました。

イングルさんのオファー

そして、学期が終わる頃、彼は私を呼んで、来学期から奨学金の額を二倍にすると言い、

「待たせて済まなかった」

などと、別に待たせたわけではないのに、言うんです。しかもその後で、

「君の将来はぼくに任せておけ（I'll make your career）」

と言ったのです。

ジム・ヒックスの母親の言葉

私はその頃には、今学期を最後に、アイオワを去って日本に帰る気になっていましたので、大いに迷いました。小島さんとイングルさんの言葉の板挟みになったというわけです。しかし、もともと、帰るに帰られないから、ここ、アメリカにいるついでに英語の詩の勉強でもしておこうと思ってはじめたことですから、いずれは日本に帰るつもりでいました。しかし、小島さんに会って、帰るなら早い方がいい、このままでは日本語がダメになってしまう、と思いはじめたわけです。

私の決意を固めさせたのは、一通の手紙でした。それは、カリフォルニアに住んでいるアメリカ人の老婦人からのもので、彼女は、私のルームメイトであったジム・ヒックスという青年の母親でした。カリフォルニアの開拓時代の末期、「ゴールドラッシュ」の頃に移民してきた人の娘で、古いポットでコーヒーを沸かし、手作りのアップルパイを焼いてくれるという、そうして残り物は、

庭に来るリスやハミングバードに手ずからやるという、開拓時代の面影を残した人でした。

私が、イングルさんから、「I'll make your career.」と言われたと、半ば得意げに書いてやったことに対して、

「Who makes your career? You! Yourself! You make your own career!（誰があなたのキャリアを作るんですって！　あなたじゃない。あなた自身よ。あなたが自分で自分のキャリアを作るんです）」

と書いて寄越しました。

私は、頭をぶん殴られたような気がしましたが、同時に、

「そうだ。その通りだ」

と思いました。まさに、アメリカの開拓精神です。


そして私は、その年の夏、イングルさんに別れを告げて、資金稼ぎのために手配してあった、オーシャン・シティという町の海水浴場近くの中華料理店、ボブ・チン・レストランに向かって出発しました。イングルさんは、反対はしませんでしたが、

「中華料理店で働くより、アイオワにいた方がいいと思うがな」

とあきらめ顔で言いました。

Modern Criticism の教授の言葉

これが、アイオワで小島さんと会った話の顛末ですが、いまだにちょっと気になっていることが

ありますので、付け加えさせていただきます。勿体ぶるわけではないのですが、今まで誰にも話したことがないことで、どう取るかは皆さんにお任せします。

それは、前にもお話ししましたが、私がPoetry Workshopの他に取っていたModern Criticismというクラスのことです。T・S・エリオット以来のNew Criticismの流れを知ったのはこのクラスで、実習的なレポートも書かされ、私は日本の詩歌を使って、いわゆる比較文学論的な論文を書いたりしていました。

私がアイオワを去るにあたって、主任のフリードマン教授に挨拶に行ったところ、教授は、一通り私の言うことを聞いた後で、

「行く前に一度訪ねて来なさい」

と言いました。別れるときにも、もう一度その言葉を繰り返しました。

私は、しかし、訪ねて行きませんでした。引き留められたら困ると思ったからです。後になって、やはり行くべきだったかな、と跡を引きました。教授は私に、自分が書いた本でもプレゼントしようとしたのかもしれないし、どのみち、アイオワを出て行くんだったら、行ってみて、何を言われるか、聞いてみるのもよかったのではなかったか。

あのときの教授の対応が親身であっただけに、今でもときどき思い出して、残念に思います。

「化けの皮の剝がれないうちに」敗戦国留学生の心理

ところで、今の話を含めて、今までお話ししたところから、私が特別に詩の才能があったとか、

英語の力が抜群であったとか、思わないでください。私はただ運が良かったのであり、禅や俳句などを含めて、日本文化が理解されはじめ、それがちょうど、アメリカの文学運動の流れに沿う時期にアメリカにいたという幸運に恵まれたに過ぎません。私はシェークスピアを英語で読んだわけでもなく、英語の詩に親しんだこともなく、英語の本を読むことは遅いし、書く方も、そんなに達者というわけでもない。耳で聞く方にしても、いまだに早口で言われるとわかりません。ですから、アイオワを去る決心をしたときも、半分はそれからの自分に自信が持てなかったからであり、イングルさんが奨学金を二倍にしてやると言われても、喜ぶより、それに見合ったことができるかどうかが心配でした。私はそのときもいまだ、戦争で負けた国から来た貧乏留学生の気分から抜け出せないでいたのです。化けの皮が剝がれないうちに早くここを出て行こう、というのが、そのときの偽りのない気持ちでした。

ここまでお話しすると、私がはじめに、小島さんの「それはウソだろう」という言葉に、やがて思い当たることがあったという、その「思い当たること」が何であったかがおわかりになってきただろうと思います。ところが、じつはもう一つ、これに似たような話があるのです。

それは、私が帰国して、小島さんのお世話で明治大学の教員になるまでの一年足らずの間のことです。

第二章　帰国、小島さんと再会

私が日本に帰って最初に小島さんにお会いしたのは、国立にできたばかりの新居に移られて間もなくの頃、一人目の奥さんもまだご健在で、リビングルーム兼応接間の中央に大きなテーブルが出ていて、そこで家族の食事から来客の接待まで、すべてこなしておられました。昭和三十七年（一九六二）の秋のはじめ頃だったと思います。小島さんは四十七歳、私は三十二歳、アイオワでお別れしてから五年近くが経っていました。帰ったばかりの日本は、私が十年前に出たときの、不景気でストライキや学生デモが流行（はや）っていたのとは様変わりし、翌年のオリンピックを控えて、首都東京の道路や地下鉄の工事、スポーツ施設の建設に明け暮れ、活気に溢れていました。

ニューヨーク―パリ、小島さんに再会するまでの五年間

私が小島さんと再会するのに五年もかかったのは、主として帰国の費用を稼ぐのに時間がかかったからですが、半分はニューヨークやパリで「見聞を広め」ていたからで、簡単に言えば遊んでいたからです。

ニューヨーク

ボブ・チン・レストランでアルバイトをしてからは、ニューヨークでミヤザキ旅行社という日本人二世の経営する旅行社に勤め、航空機の切符を作ったり、日本人客の通訳をしたりしました。このときに日本から来た草間彌生さんのお世話もし、私がニューヨークを離れるまで、お付き合いもしました。このことは小説「摩天楼のインディアン」の中に書いてあります。

パリ・パンアメリカン航空会社

旅行社にいたおかげで、スカンジナビア航空会社から世界一周の航空券を十分の一の値段でもらい、一九六〇年の夏に英国のグラスゴー経由でヨーロッパ旅行へ出発しました。帰国する前にヨーロッパを見ておこうと思ったからです。

途中の航空券や汽車の切符の発行、ホテルの予約などは、旅行社勤務の経験を生かして、すべて自分でやり、旅行エージェントとしてホテル代などは割引になるか、無料になった場合もありまし

た。

しかしながら、嚢中の旅行資金は思った以上のスピードで減っていき、パリにいた頃は、これでは日本に帰ってもどうしようもない、という状態になっていました。そこで、行く先々で稼ぐのが今までの流儀でしたから、シャンゼリゼを歩いていて眼に入ったパンアメリカン航空（そういう航空会社がその頃ありました。しかも、当時は、アメリカ最大の、ということは、世界最大の航空会社でした）の店に入って、カウンターの人に、アメリカで航空券を発行した経験があるが、雇ってくれないかと訊きました。すると、幸い追い払われずに、すぐに上司に伝えてくれて、奥の二階のオフィスでシャリペーという支店長に会いました
「いくらほしい？」

と訊くので、

「ニューヨークでは二百四十ドルもらっていました」

と言うと、

「ここではそんなにはやれない。二百ドルでどうだ」

と言うので、

「それでいいです」

と言って、雇ってもらうことになりました。

フランスは外国人の雇用には非常にきびしい国です。それがどうして簡単に私を雇ってくれたかというと、これもまた私の運のいいところですが、この頃日本人の観光客が大挙してパリにやって

きて、パンアメリカンのオフィスでも、捌ききれないで困っていたのです。しかも日本人観光客は世界一周の切符を持ってやってきて、（日本からヨーロッパに来るのは、それが結局、安上がりなのですが）、ヨーロッパに来てから進路を変える人が多い。国を出るときに、旅行社の人から、「向こうに行ってから、変えることもできますよ」などと入れ知恵されてくるので、パリのオフィスに切符を持ってきて、「明日までに変更してくれ」などと言う。ところが、この行く先変更は、行き方によれば同じ料金で行くが、行き方によっては別料金が発生するという厄介なもので、それを調べて発行するのは相当な経験を積まないとできません。計算に失敗して料金が足りなかったりすると、切符を発行した人間に責任がかかってくるのです。ですから、フランス人は絶対にやろうとしない。そこへ私が行ったわけです。ちょうどいいところへ来た、というわけで、彼らは諸手を挙げて歓迎してくれました。私は、ニューヨークでそういうことは散々経験していましたから、「日本人一手引き受け」、ということになりました。

ある日の午後、グループの日本人客が来まして、それぞれ違った方向へ行く経路変更を頼み込んできました。明日取りに来る、と言うんです。引き受けましたが、もちろん残業です。カウンターを閉め、奥の部屋に籠もって、午前二時頃までかかって、やっと終えました。それが早速、事務所の評判になったらしく、翌朝、切符を渡してほっとしていると、奥から男の事務員がやってきて、（私は客扱いのカウンターで働いていましたが、奥には予約その他の電話を受ける女性たちとか、事務、経理系の人たちとか、二、三十人がいました）、その男は私に向かって、

「Tu es fou.（おまえはバカだ）」

と言うんです。

こういうことを、それほど親しくもない私に、わざわざ言いに来るというのは、いかにもフランス人らしい。

私の隣りにいたカウンターの係員でも、お客が入って来て、気に入らないと、あっちへ行ってくれと、顔で示すようなお国柄ですから。

しかし、私の場合は上層部には気に入られたようで、後でシャリペーさんがねぎらってくれました。

国立の自宅で小島さんと再会

パリには一年近くいて、今度は航空会社同士のよしみで、パリの日本航空支店から無料の日本往復の切符をもらい、帰国しました。一九六二年、昭和三十七年の初夏のことで、一九五二年に日本を出てからちょうど十年目でした。

父親と義理の母が淡路島に住んでいましたので、一時そこに滞在して、それから夏の末頃、東京に出てきました。小島さんの国立のお宅に伺ったのはその頃です。

ちょうど、奥さんのお友達が娘さんを連れて遊びに来ていまして、はじめのうち私と小島さんは、奥さんと友達、女三人が話している大きなテーブルから離れ、ベランダに近い椅子に小さいテーブルを挟んで、話し合いました。

しかし、私は久しぶりの邂逅で興奮していましたし、小島さんも割合声の大きい方ですから、わたしたちの話は女性たちに筒抜けだったと思います。

小島さんは、新築したばかりのモダンな家が、設計を依頼した若い建築士が未経験なために、西向きのベランダのガラスを貼りつけにして、開けないようにしてしまったため、西日が差し込むと暑くてしかたがない、と苦情を言っておられました。しかし、私にとって幸いなことには、（私はまたしても幸運に恵まれていました）、小島さんが勤めていた明治大学の工学部が近々生田に移転し、それに伴い学生数も増えるので、教養部の英語の教員も増やす必要があり、ちょうどいい機会だから、あなたを推薦しよう、と言われました。ただし、大学の教師になるには、中学、高校のように、教員免許状のようなものは要らないが、資格として、論文をいくつか発表している必要がある。

「何かあるか」

と訊かれるので、

「何にもありません」

と答えると、

「そうだろうなあ」

と腕を組んでいましたが、

「まあ、なんとかやってみよう」

と、今までアイオワの大学で書いたAとかBとかついたレポート類を出すように、それからイングルさんの推薦状があればいいのだが、と言われたので、

「頼んでみます」

と答えました。

それから小島さんは、採用教員の推薦は教授会を通さなければならないが、いろいろな意見が出るので、難しいことがある。ぜひあなたを推すつもりだが、結果は、見てみなければなんともわからない。あなたも、これから生活するためには仕事がなければ困るだろうから、何かあったら、とりあえずやってくださっていいですよ、と小島さんらしい、思いやりのある慎重論を述べました。

じつは、それが、その後の問題になるのです。

その後で、奥さんからテーブルの方に呼ばれ、女のお客さんたちと一緒に、お茶とお菓子をご馳走になりました。

それから私は、とんでもないことをしたのです。

そろそろお開きになって、皆さんが立ち上がったときに、まだお茶が飲みたかった私は、お客さんたちが残した茶碗のお茶を、

「喉が乾いたのでいただきます」

と言って、全部自分の茶碗に空けて、お客さんのいる前で飲み干してしまったのです。

「また淹れてあげたのに」

と奥さんはおっしゃったけれど、

「いや、これでいいんです」

皆さん、あきれ顔で見ていましたね。

ところがです。

その後、小島さんからいただいた葉書には、お客さんの女の人が「あの人は闊達でいい。ああいう人を娘の婿にほしい」と言ったとかで、ちょうど、娘さんの結婚相手を探す相談に来ていたらしいんですね。

その後しばらくしてから聞いた小島さんの話では、その女の人から、

「娘の結婚相手が見つかりました。せっかくでしたが、あの闊達な男性にはご縁がありませんでしたが、よろしくお伝えください」

と伝言があったとのことです。

世の中には、勝手な人もいるものだとそのときは思いましたが、あるいは、小島さんあたりが、けしかけたのかもしれません。

南條徳男邸に寄寓

その頃私は世田谷の碑文谷にある親戚の家に居候していました。

これも私にとって幸運でしたが、私の母の従兄であった南條徳男という北海道四区選出の自民党の代議士が、建設大臣、農林大臣を歴任して、学芸大学駅から少し行った碑文谷公園そばの、昔、東郷元帥の邸宅だったという大きな家に住んでいました。私の亡くなった母と南條の妻の「お澄(すみ)さん」とは仲がよく、母は死ぬときに、私のことをくれぐれも頼んでいったので、お澄さんは、戦後、行方のわからなくなった私を探し、駒場にいることを突き止めて、大学まで会いに来てくれました。

そして、私がアメリカから帰って、挨拶に行くと、当然のように、一緒に住むように言ってくれたのです。

このことは、私の長篇小説『海洞――アフンルパロの物語』の中に、フィクションを交えて、かなり詳しく書いてあります。

清水昭の「太平洋テレビジョン」に就職

ここで問題は、私が南條徳男の世話で、彼の子分とも言える清水昭という男の「太平洋テレビジョン」という会社に就職したことです。

清水昭は南條徳男や私と同じく北海道の出身で(余市というところです。南條と私は室蘭)、私よりも六、七歳年上で、当時まだ三十代後半、時勢を見るに敏で、時代の風雲児と言ってもいいかもしれません。南條徳男の秘書の資格で、南條大臣の渡米に便乗してアメリカに渡り、ABCやNBC放送局と交渉して、「ララミー牧場」や「ローハイド」、「アンタッチャブル」などの独占放映権を獲得し、それを日本のテレビ局に売り込んで、大成功しました。それらのテレビ番組の吹き替えは全部自分の会社でやっていまして、それが、太平洋テレビジョンの主な仕事でした。NHKのラジオ番組「カムカム英語」で有名だった平川唯一さんが、吹き替え部の部長をしていて、当時の名のある俳優たちが吹き替えをやっていました。

私はと言うと、いきなり、一番奥の総務部長の席に座らされました。

「総務の仕事は何にも知りませんよ」と言うと、

「ハンコを押すぐらいのことはできるだろう。社員が持ってきた書類を読んで、ハンコを押すんだ。内容がわからなかったら、わかるまで質問しろ。それでもわからなければおれのところに持ってこい」と言うのです。

ハンコを押すだけなら暇ですので、吹き替えの現場を見に行ったり、よく社長室に呼ばれて、雑談の相手や怪気炎の聞き役をさせられました。彼は、

「今に天下を取ってみせる」

というのが口癖でした。ホンダの本田宗一郎や、ソニーの盛田昭夫などを念頭においていましたね。私については、

「おまえは主役はムリだ。女房役がいい。今のおまえじゃ頼りなくてダメだが、おれがおまえを鍛えてやるから、おれを助けて、天下を取れ。そうしたら、城の一つや二つはくれてやる」

と、言っていました。

そうして、会社の営業時間が終わると、いや、終わらなくてもですが、私を連れて夜の街に繰り出して行くんです。行く先はたいがい「ゴールデン赤坂」というナイトクラブでした。今はもうありませんが、その頃は、「ゴールデン赤坂」の他に、「コパコバナー」とか「ラテンクオーター」というナイトクラブが大繁盛していました。高度成長期です。

ナイトクラブに行くのは、主として海外からの客との商談と接待のためでした。当時日本のテレビは輸入番組に頼っていましたから、結構たくさんの客が来ました。毎週二、三人はあったのではないでしょうか。もちろん、清水昭自身、英語は喋れましたが、細かい話や欧米人の扱いというこ

とになると、豪放に笑ってやり過ごすというわけにはゆきませんからね。彼自身、「おれは北海道の熊だ」と言っていました。背も低く、がに股で、体も横幅がありましたから、「熊」というより、「がま」のようでしたね。

とにかく、「総務部長」というのは単に組織上の名前で、実質は外人接待役でした。職場は「太平洋テレビジョン」ならぬ、ナイトクラブ「ゴールデン赤坂」です。

いい仕事だなと思われるかもしれませんが、毎晩のように同じ舞台を見て、同じ音楽を聴き、決まり切った会話をし、客の愛想をとり、ホステスたちへの気配りもしなければならない、というのは、結構しんどいことでした。ちょうどその頃は南太平洋のサモア島から来たバンドが入っていまして、太鼓を叩く「タム・タム」という音が、明けても暮れても、耳の奥で鳴っていました。

教授会での小島さん――イングルさんの推薦状

一方、小島さんの方の話も進んでいました。後から聞いた話ですが、小島さんは教授会で、「活字になった論文はないかもしれないが、この人はアメリカの大学で生きた英語を勉強してきた人です。これからの英語教育にはこういう『生きた英語』が必要です」

と力説したそうです。それに対しては、教授会の中から、

「今まで教えてきた英語は、『生きた英語』ではなかったのか」

という声も挙がったそうですが、最後には、イングルさんの推薦文が決め手になって、通ったと

いうことでした。イングルさんは、

「Miura がこのアイオワ大学で学んだことは、アメリカの大学の教師となるにふさわしいものである」

と書いてくれました。

「太平洋テレビジョン」に残る決心

教授会でのことまでは知らなかった私は、小島さんに、教員採用のお話は、取り下げにしていただけないか、と手紙に書いて、頼みました。「太平洋テレビジョン」に残る覚悟を決めたのです。「一緒に天下を取る」つもりなどはなかったのですが、一つには、清水昭という男に魅せられたのです。彼のように、少々いかがわしいが、(彼の場合は大いにいかがわしかったのですが)、自分のやりたいことをがむしゃらにやるという人間には、(イングルさんも同じようなタイプでしたが)、とても魅力を感じます。それに彼は、人間や仕事に対して、私の持っていない、動物的とも言える鋭い勘を持っていて、私を驚かせました。彼は私に、「おまえをたたき直してやる」と言っていましたが、彼の下でもっと自分を鍛えたい、と思ったのです。

それと、もう一つ理由がありました。それは南條家のことです。

「太平洋テレビジョン」に入社したのは南條徳男の口利きがあったからだということは申し上げましたが、私が入社して少し経ってから、南條の息子も入社してきたのです。

「清宏ちゃんもいるんだから、行きなさい」と親から言われたと、本人が言っていました。配属は営業でした。

この息子は、じつは、親も手を焼いていたのです。決して性格の悪い男ではなく、むしろ親に似て親分肌の人付き合いのいい人間でしたが、これも親に似て、おだてに乗りやすく、しかし親とは違って、分別がない。金使いが荒くて、賭博にも手を出す、という道楽息子で、親も心配して、大学を卒業してから、何度か資金を出して仕事をさせようとしたのですが、かえって家の金をずいぶん使い込み、南條の秘書や使用人からは、「何にもしないでいてくれた方が、よっぽどいい」と陰口をたたかれていたのです。

親は、私と一緒にしばらく「太平洋テレビジョン」で仕事をさせて、おそらく、これは私の推測ですが、ゆくゆくは、私が彼の後見役になって、二人で会社でも経営していってもらいたいとでも思ったのでしょう。

これらのことは、親の、特に母親の「お澄さん」の言葉の節々から私が推測したことで、私が「太平洋テレビジョン」を続けようとする決定的な理由ではありませんでしたが、おそらく間違いのなかったことだと思います。

阿佐ヶ谷の飲み屋での小島さんの説得

私の断り状を読んだ小島さんは、早速私に連絡してきて、ある日の午後、私は小島さんとお会いすることになりました。教授会の決定も終わって、新学期がはじまる前ですから、二月か三月のことだったでしょう。そのときは、小島さんの他に、亡くなった浜本武雄さんと、井上謙治さんが来られました。井上さんはその年、私を含めて採用された、二名の明大工学部の英語教員の一人でした。三人も揃ったということは、小島さんは、絶対に私を説得しようと思ったのでしょう。

わたしたちは、小島さんが以前住んでいた阿佐ヶ谷の、小島さん昵懇のママさんのいる飲み屋に入りました。小島、浜本、井上、それに私の四人組は、その後も、何かあると一緒に飲みに行く常連のグループとなりました。


さて、席についてしばらくすると、小島さんは、どうして私が太平洋テレビジョンに残りたいのか、と訊かれました。

私は、清水昭が抜群の人物であること、人間関係や仕事上のことで、私が今まで気がつかなかったいろいろなことを教えてもらえること、などを話しました。天下を取る手助けをするということは言いませんでした。小島さんは、

「たとえばどんなことか」

と訊かれました。

「たとえば、人が嘘を吐くのを見抜くことで、社員がずる休みをしたり、勘定書きを誤魔化したりしても、すぐに見抜く。いったん見抜いたら、容赦したり、妥協したりしない。その叱り方や、間の取り方が実にうまい。また、人と話し合ったり、やり合ったりするときは、いつも一歩前に出る。絶対に引き下がったりしない。人生は、一歩前に出た方が勝ちだ、といつも言っています」

と、私が答えると、なんだ、そんなことか、という顔で小島さんは、

「そんなことは、大したことじゃありませんよ」

と、言いました。

「そんなことは、みんな『駆け引き』じゃないですか。『処世術』ですよ。そんなことに巧みな人は世の中にたくさんいます。経営者で成功した人は、大なり小なり、みんなそんなことは知っています。あなたは世間のことをよく知らないから、そのぐらいのことで恐れ入ってしまうんですよ」

と、言ってから、

「あなたは学校の先生になって、もっと勉強した方がいいですよ。そうして、詩でも小説でも書いたらいいんです」

と言って、ちょっと私の顔を覗き込むようにして、

「これは私の家内がそう言っているんです。三浦さんは大学の先生になるのがいい。商売なんかには向いていない。小説家か詩人になるのがいい、と言っています。これは、私の意見というより、家内の意見ですがね」

と言われました。

「これは私の意見ではなくて、家内の意見です」、という言葉は、その後も小島さんはちょいちょい使われました。

その後で、私ははじめて、小島さんが教授会で苦労した話を聞きました。私はニューヨークでもパリでも、簡単に就職していましたから、そんなに厄介なものだとは思っていませんでした。私は、そんなにたいへんなことをさせて申し訳ないと思い、太平洋テレビジョンの方はあきらめて、明治

大学に来ることにしました。清水昭に義理があったわけではありませんし、もともとは南條徳男の口利きですから、南條には事情を話せば、理解してくれると思ったのです。

太平洋テレビジョンを辞めるときの困難さ

ところが、そう簡単には行きませんでした。

私が辞表を書いて、清水昭のところに持っていくと、彼はそれをひと目見て、

「なんだ、こったらもの」

と、笑いながら破り捨ててしまい、

「こんなものは受け取らないぞ」

と、相手にしませんでした。

そして、夜になると、「ゴールデン赤坂」です。

無断欠勤をすればよかったんでしょうが、そうすれば南條の事務所に通知が行くでしょうから、そうすると何か不届きなことをしているようで、私を紹介した南條の体面にもかかわるかもしれない。どうしたらよいか、私も弱りましたが、とにかく一学期間はなんとか凌(しの)いで、夏休みになるまでにどうにかしようと思いました。

夜学専門

そこで、小島さんに事情を話したところ、授業の時間割を私に合ったように作ってくれました。

これも、私にとって幸運の一つだったかもしれませんが、当時、明治の工学部は駿河台の旧校舎の中に、法学部や商学部などの文化系の学部と共存していましたから、英語の授業も駿河台で行われていました。今いる生田と違って、銀座や赤坂から近いわけです。それにもう一つ私にとって都合がよかったのは、夜学の授業があったことで、その後、生田に行ってから夜学はなくなりましたが、当時は、他の先生方は、やはり夕食前には家に帰りたいので、夜学の授業は持ちたがらなかった。ところが、私にとっては、夜学でないと授業に出られない、というわけで、お互いに利害が一致し、夜学専門となりました。

ゴールデン赤坂から出勤

そういうわけで、毎日、私は昼間は銀座にある太平洋テレビジョンの総務部に出勤、会社が終わると、駿河台に行って英語を教える。一週間に二、三回はゴールデン赤坂ですが、授業の方も週に三回なので、なんとかぶつからないで済めば幸い。ぶつかったら、休講です。

うまい具合に、客の接待が早めに終わったり、途中から抜け出したりすることができた場合は、ゴールデン赤坂からタクシーで駿河台に急行しました。その十五分間ほどのタクシーの中で、コンサイスを片手に、これからやる教科書に目を走らせるんです。そんなことが何度もありました。

あるときは、商談が終わった後の宴たけなわの最中に、客をほっぽり出して出ていったこともあり、

「おい、おれを置いてどこへ行くんだよ！」

と、ホステスの肩を抱いて、片手にグラスを持ったアメリカ人の男が、半分悲鳴を上げて、私の後ろから叫んでいたというようなこともありました。

ある勤労青年の言葉

ある晩のことですが、授業が終わってから、いかにも町工場の勤務者らしい、仕事着姿の青年が、教壇の上にまだ残っていた私のところに近寄ってきて、半分困った表情で、

「先生。英語はどうやって勉強したらいいんでしょうか」

と訊いてきました。

私は適当なことを言ってその場を誤魔化したと思いますが、彼はおそらく、こんな授業で、こんなに休講が多くては、英語の勉強にはならない、と言いたかったのではないかと、今でも、彼の口ごもった様子を思い出すと、そう思えて参ります。とにかく、とんでもない英語の教師でした。

太平洋テレビジョンを夜逃げ

そして、最後はどうなったかと言いますと、これもちょうど幸いなことに、ニック・イングルトンという、香港生まれの、英国人だったかアメリカ人だったか忘れましたが、非常に頭の巡りの早い、実行力のある青年——海外に行くと、ときどき、こういう頭の回転の早い、びっくりするような秀才に出遭うことがあります。それでいて、どういうわけか、本人はたいしてモノにならずに終わってしまうケースが多いのですが。このニック青年が清水昭の目にとまって、入社してきまして、

清水昭の秘書というか、相談役になったのです。彼は私と並んで総務部にデスクをもらい、私ともいろいろ打ち合わせしましたが、その事務能力は抜群で、私などは刃が立ちませんでした。

そこで、私はある日、彼に打ち明けたのです。私はここを出たいと思っているのだが、なかなか許してくれない。私は辞表を書いて、君に預けるから、私がいなくなってから、それを社長に渡してもらいたい、と。彼は、たいして驚いた様子もなく、

「前にもそういうことがあったが、ここでもあるとはね」

と言って、辞表を受け取ってくれました。

そうして私は、夜逃げ同然に太平洋テレビジョンを辞めました。

南條徳男に報告

辞めたことを南條徳男に言いに、議員会館に行ったところ、秘書が、

「先生は二、三日中に北海道へ行かれるので、よかったら一緒に来て、そのとき、先生に話したらどうです」

と言われ、切符や宿の手配をして、一行に加えてくれました。これもタイミングがよかったというか、辞めた後始末にタイムリーでした。

私は南條徳男一行と一緒に汽車と船で北海道へ行き、湖畔の宿に泊まったり、南條の持っている牧場に行って馬の売買に参加したり、久しぶりに結構な夏休みを体験しました。牧場で馬を見ているときに、私は南條に、太平洋テレビジョンを辞めて、明治大学工学部の英語の専任講師になった

ことを伝えました。彼は、いつものように、「うん、うん」と頷いて聞くだけでした。

後で、伯母の「お澄さん」から聞いたところでは、清水昭が南條徳男に、三浦がもう一度自分のところに来るように言ってくれませんかと頼んだそうですが、南條は、あれは教育の方をやりたいようだからと言って、断ったということです。「教育」だなんて、畏れ多い話です。

小島さんと一緒の研究室——駿河台から生田へ

というわけで、私はれっきとした明治大学専任講師となりました。月給は、太平洋テレビジョンの十万円ほどから、三万円なにがしかになりましたが、私は、小島さんと同じ研究室の同じ机に坐って、幸せでした。この研究室は他の英語の先生も使っていた合同の研究室でしたが、私は小島さんと顔を合わせることが多かったと思います。そういう風に時間割を組んでくださったのだと思います。小島さんは、ぶかぶかの革の鞄に、教科書や他の本と一緒にピーナッツをそのままたくさん入れて、授業の合間にはそれを出してボリボリ噛んでいました。それから、ときどき煙草を吸い、トランジスターラジオを出して、野球の試合などを聴いていました。そういう習慣は、いつの間にかなくなりましたね。

その翌年の新学期からだったと思いますが、工学部は生田に移転し、小島さんと私は、新校舎四階の二人部屋の研究室に一緒に入りました。その後、一人一部屋になったのですが、どういうわけか最初は二人一緒でしたね。それが当然のように私も思っていました。

小島さんは窓から生田の山を眺めながら、（その頃、山の上には、小島さんと同じ「第三の新

人」と言われた庄野潤三氏が住んでいました)、私を振り向いて、

「君、小説を書くのには、こんなにいい職業はないんだよ。そのうち、君もわかってくる」

と、言いましたが、すぐに、

「でも、辞めたいときには、いつでも辞めていいんだよ」

とも付け加えられました。

締めくくり

以上が、私が太平洋テレビジョンを辞めて、明大工学部に入った顛末ですが、これが、小島さんが「それはウソだろう」と言ったことに対して、「思い当たる」二つ目の事件ということになります。平たく言うと、私には二つの人生の選択肢があった。一つはアメリカの大学に残ること、もう一つは太平洋テレビジョンにいて日本の実業界で働くこと、だったわけですが、両方とも、小島さんのおかげで、そうはならなかったということになります。少なくとも、小島さんには、そういう思いがあったのでしょう、それだから、私が芥川賞授賞式の席で、「すべて小島さんのおかげです」と言ったときに、「それはウソだろう」と言われたわけです。

私は三つめの選択肢、「小島さんの後について行く」ということを選んだわけですが、そうせずに、今言った最初の選択肢のうちのどちらかを選んだ方がよかったかどうかは、まったくわかりません。こういうことは皆さん方の多くが大なり小なり経験されていることだと思いますが、人生とは選択の連続で、しかも、自分の意志とは関係なく、あるいはそれを超えて、有無を言わずに行

かざるを得ない場合がある。そういうのを宿命と言ったりしますが、私には、ちっぽけな私以上の、何か大きな力が働いていたとしか思えません。それがよかったのか、悪かったのか、ということはまた、別問題で、必ずしもよい方向に行くのが「宿命」だとは限りません。

それを——というのは、小島さんの後についていったことが、よかったか、どうか、ということですが——それを検証してみて、はじめて、自分の人生がよかったかどうかが言えると思います。次回からは、そのことを念頭に置いてお話ししたいと思います。

第三章　小島家に下宿してから出るまで（小島さんの再婚、私の結婚）

小島家に下宿

私が小島さんの家に下宿したのは、昭和三十八年（一九六三）の秋の末頃から、翌年の夏、大学が夏休みに入る頃までのほぼ半年ほどの間でした。小島さんの奥さんが亡くなってから、小島さんが再婚され、その後、私も結婚するまでのことです。小島さんにとっても、私にとっても、言わば、宙ぶらりんの状態で、小島さんの場合は、奥さんを失って、残った二人の子供を抱え、家庭をどうやって立て直していくかという極めて不安定な時期であったと同時に、創作活動の方でも、それまでの、社会の片隅から弱者の眼で世の中を眺め、それを寓意や物語の中で表現するという暗示的な姿勢から、もっと普遍的な眼で自分と社会を眺め、自分をさらけ出してでも真実を訴えようという姿勢へと、大きく転換する時期でもありました。

移り住んだ理由

小島さんから、家へ来ないか、という誘いがあったのは、小島さんの奥さんの初七日か何かの法要が終わった席だったように記憶しています。そばに田村敏夫さんという、小島さんがやはり口を利いて、私よりも前に明治大学の商学部に推挙した英語の先生がいて、小島さんの話を聞きながら頷いていたのをかすかに覚えています。(小島さんは、その他にも、坂本和男さん、山崎昂一さんの二人を英語の教師として法学部に推挙していました。三人とも、小島さんが明治大学に来る前に教えていた小石川高校の先生だったと思います)

「なにかというと家中が落ち込んでしょうがない」

と小島さんは言い、

「あなたのように、周りが何をしようと関係なく生きていく人がそばにいてくれると助かるんだが」

と、笑みを浮かべて私の顔を見ました。

その頃私は小田急線の東北沢駅のそばに小さなアパートを借りて住み、独り者の身軽な身体だったので、すぐに小島さんの新築の家に引っ越してきました。

ところで、私が小島家に住むについては、「家族と関係ない人間がいた方がいい」ということの他に、もう一つ利点があったようです。

それは、「家族と関係の」ありすぎる人間が一人いたからです。名前を言うのは憚られるし、覚えてもいませんが、生前に奥さんが目をかけていた独身の女性がいて、奥さんの身体の具合が悪くなったときなど、よく手伝いに来たらしい。小柄で楕円形の小さい顔の、ちょっと陰気なおとなしい感じの人で、死ぬ間際に奥さんが、自分が死んだら家族を頼むと言ったのか、そう言われたと思ったのか、わかりませんが、小島さんの話だと、どうもそう思っていたようで、亡くなった後も奥さんの部屋に入り込んで、鏡台の上のものなどいじっていたと言うのです。これは小島さんだけでなく、そばで話を聞いていた、当時高校二年生のかの子ちゃんも頷いていて、「気味が悪い」と言う。結局、私が来ることになって、その人は婉曲に断られたらしいが、小島さんはその頃どこかに書いたエッセイの中で、名前は出さないが、こういう事情なのでお断りした、と、本人に直接謝っています。

こんな個人的なことも書いて、「すみませんでした」だったか、「ごめんなさい」だったか、などと言ってもいいんだなと、書くことの自由さに驚いた記憶があります。

アパートを残して、下宿料を払う

さて、私は、早速、東北沢のアパートから国立の小島さんの家に移り住んできたわけですが、「いつまた帰ってもらうかわからないから」と小島さんに言われて、東北沢のアパートは解約せずにそのままにしておきました。

遊ばせておくのは勿体ない気がしましたが、これが結構役に立ったんです。

それから、「君は下宿人なんだから、下宿料は払った方がいいだろう」と言われ、月々二千円を小島さんに渡すことになりました。その方が気分的にもいいだろうという配慮でしたが、終戦で復員後の厳しい生活の中で幼子二人を抱え、家族を養ってきた小島さんは、そういうことは、はっきりしていました。その後、しばらくして、私は生活費の不足から、十万円を小島さんから借りたことがあり、割合気楽な気持ちで借りたのですが、ボーナス時になると、「あれは、君、返してくれよ」と催促され、金銭的なことなど小島さんは気にしていないように思っていた自分の認識不足を知りました。

小島さんが食事を作る

二千円の下宿料に対して、小島さんは、家主としての責任を十分果たしてくれました。朝晩食事を作って、食べさせてくれたのです。もう五十年以上も前のことなので、細かいことは忘れてしまいましたが、娘のかの子ちゃんが、多少の手伝いはしたかもしれません。しかし、私の覚えている限りでは、献立を考え、料理をするのは小島さんで、私は後始末の手伝いをするだけでした。夕刻、私が二階の部屋にいると、下から小島さんの声で、「食事ができたよ」と告げられるというわけです。

食事といっても、そこは小島さん流で、居間兼ダイニングルームの真ん中にデンとある大きなテーブルは使わずに、(記憶がはっきりしませんが、多分退(ど)けてあったのだと思いますが)、買って間もない絨毯の上に、豆炭の火を入れたコンロを置き、その上に鉄鍋を載せて、肉や野菜を焼いたり、煮たりし、家族と私とはその周りに座って、箸を伸ばして、つついて食べるのです。ちょうど季節

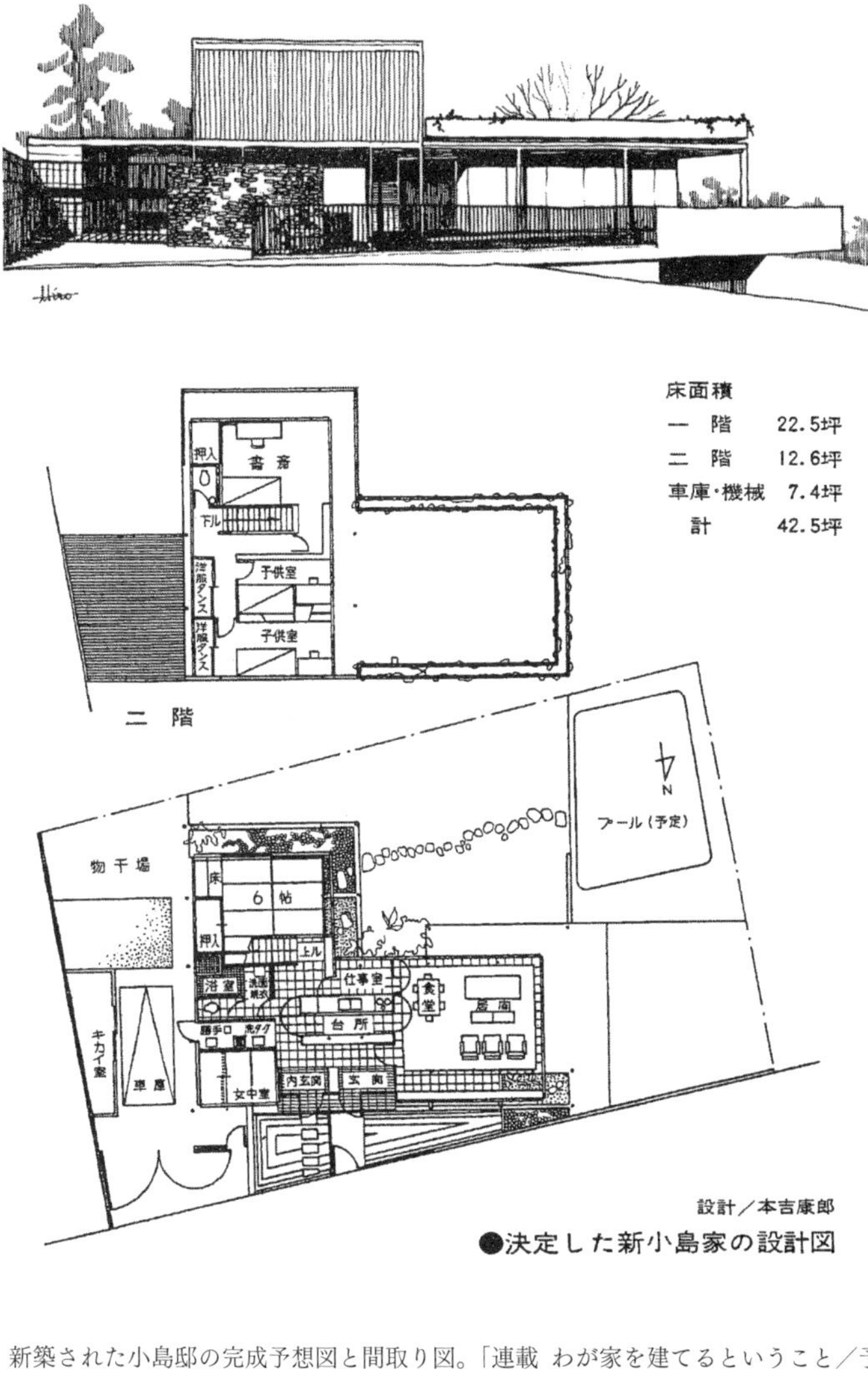

設計／本吉康郎

●決定した新小島家の設計図

新築された小島邸の完成予想図と間取り図。「連載 わが家を建てるということ／予算倍増・工事延々の記」『家庭画報』1961年11月号より。

は十一月末の冬に入った頃で、コンロの火が燃えさかり、鍋からは野菜や肉の焦げる「ジュウジュウ」という音と共に煙が立ち上り、車座になって食べる人間たちの光景は、なんとなく野戦の一風景を思い出させるといったところでした。小島さんの中国戦線での体験とも結びついていたのかもしれません。

新築の家の問題

周囲は、南と東がガラス張りで、その一角に開放的なキッチンを持った、新築間もないモダンな住宅ですので、それと、家族の食事風景との落差は大きかったと言うべきですが、小島さんも、子供たちも、そんなことにはまったく無頓着な様子でした。というより、小島さんは、この、新進の建築家に頼んで設計してもらった住宅に敵意すら持っていて、軽鉄骨構造のために起こる二階の足音のうるささなどに文句を言っていましたが、特に、「嵌(は)め殺し」になっている南側のガラス・ウォールについては、西日が真っ正面から入るのに、開けて、風を入れることもできない、住人の身になって考えていない構造だと、痛烈に批判していて、そのことは当時よく寄稿していた『家庭画報』などに書いていたようです。(ただし、建築家の肩を持って言うなら、ここからは富士山がよく見えるので、それをソファに坐って眺めるために、全面をガラスにしたらしいのですが、それにしても、部分的にでも開けるようにできなかったかという疑問は残ります)

傍(はた)から見ると、家の欠陥すら、いいメシのタネですが、小島さんにとっては、こういう身の回りのことが極めて重要で、それがやがて家族との関係に影響してくる。家庭小説を重視する作家として無視できない問題であり、また、実際、この家の構造をめぐって、家族間で一悶着も二悶着も起こるのです。それはまた、後のお話とします。

夕食時の光景と話題1（文学）

さて、夕食に戻りますが、長男で大学一年生の一男君とかの子ちゃんの二人は、食べ終わると、さっさと立って行きますが、小島さんと私はそれからまだ一時間から二時間は残って、話し続けるのです。といっても、話すのはもっぱら小島さんで、私は聞き役です。徳利から銚子で酒を飲みながら話すこともあり、そうでないこともありました。小島さんは、家では酒は控えていたようで、飲んでも、せいぜい徳利一本か二本だったと思います。その代わり、と言ってはおかしいですが、煙草はよく吸っていました。煙を鼻から出しながら、眼を細め、じっと話を聴いていた表情を思い出します。

何を話していたかというと、だいたい小説か、小説を書くことにまつわることです。小島さんはその作家活動を通じて一貫して講談社との付き合いが多く、文芸雑誌の『群像』を高く評価していましたが、その頃も、なにかというと音羽町の講談社を訪ね、『群像』編集長の大久保房男さん（その後、中島和男さん）と会い、お茶や、お昼を一緒にしながら話すことが多かったようで、その話の内容とか、話題になった作家の噂話、編集者とのやりとり、などを話してくれました。

また、アメリカでは、文学のブローカーのような人間がいて、作家について作品を書かせたり、それを出版社に売り込んだりしますが、日本では文学雑誌が中心となり、その編集者が作家に書かせ、作家を育ててゆき、そうやって文学世界が成立するという、日本独特の仕組みのこと、従って、アメリカでは長篇が中心なのに、日本では短篇が多く、そのため、絶えず書いていないと、すぐ忘れられることなど、自嘲を含めて語っていました。

要するに文学世界の裏話ですね。小島さんはそういう話が大好きでした。いわゆる文学論のような正面切った「高尚な」話は決してされなかった。作品を論じる場合でも、人が気づかないような微妙な点を捉えて、そこから大局に及ぶ、あの小島流です。

庄野潤三

それにしても、そういう話の内容を、一つも思い出すことができないのはたいへん残念です。十年間の海外生活から帰国してまだ日の浅い私にとって、まったくちんぷんかんぷんな話ばかりで、聞いても、右の耳から左の耳へと素通りしていくだけです。一つ覚えているのは、これは食事のときのことではありませんが、朝、勤め先の大学へ一緒に行く電車の中で、小島さんが、片手でつり革に摑まり、もう一方の手で、送られてきたばかりの『群像』を開いて、丸めて握り、掲載されていた庄野潤三さんの作品を読んでいたことです。庄野さんとは親しかったようで、明治大学の工学部が生田に移転したときに、研究室の窓から見える山を眺めながら、

「あそこの山の上に庄野が家を建てて住んでいる。天に近いところがいいって、あそこにしたらしいよ。庄野らしいな」

と言ったということは、前回お話ししたと思います。年齢もだいたい同じで、同じ頃に芥川賞を

受賞した庄野さん、しかも家を建てるのも同じ時期でしたから、ライバル意識があったのでしょう。庄野さんについては、何回か話を聞いた覚えがあります。

夕食時の話題２（後添え、または女の話）

夕食時の話題には、文学の他にも身の回りの話なども勿論ありました。文学の話ほど多くはないし、話すときも、ただ、あったことを話すというより、それを小島さん流に捉えて、まるで小説の一部であるかのように話すことが多かったと思います。小島さんに親しい人たち皆さんが言っている通り、「小島さんの生活のすべての部分が、小説を書くことに結びついていた」、と言えると思います。

この頃の身の回りの話題の中心は、もちろん、奥さんが亡くなった後をどうするか、ということです。これについては後で家族会議を開いたりして、大問題に発展するのですが、もうその頃にも、小島さんはかなり行動的で、奥さんが入院していた病院の看護婦が感じがいい人だったらしく、その人に会いにいった話などしていました。こういうことは『抱擁家族』にも書いてありますが、細部を除いて事実だったと考えていいと思います。呼び出して、会ったけれども、どう話してよいかわからず、結局、トンチンカンな応答になって、別れてから自己嫌悪に陥り、また電話すると約束したのに、しなかった、というようなことだったと思います。

小島さんばかりでなく、私の方も、付き合っていた女の話をしたのですが、小島さんは、それこそ、身を乗り出すようにして聞いていました。身を乗り出すようにして話を聞くのは、何も女のことに限らず、興味を覚えると、どんな話にも身を乗り出しました。小島さんは、生活の匂いのする噂話が大好きで、何かおもしろそうな匂いを嗅ぎ取ると、どんどん鼻を突っ込んでくる。それは、私がアイオワでお会いしたときに感じて、犬に嗅ぎ回られるようでイヤだなと思ったこともありましたが、それでいて、つい、こっちも話に乗ってしまい、余計なことまで喋って、しまったと思うことも何度もありました。

私が、明治大学に勤める前の勤め先で知り合った、ある背の高い女に夢中になって、街でその女を追いかけて行き、着ている外套を捉えようとした話をしたときに、小島さんは、

「何かとっても贅沢なものに触れる感じだったろう」

と言い、本当にそうだったと思ったことは、今でも忘れません。

結局私は失恋し、夕食のときに小島さんに話して、二人でサントリーのウイスキーを飲み合ったのですが、私は飲み過ぎて具合がわるくなり、夕食が終わると、トイレに行って、吐きました。気分がよくなるのを待って、ドアを開けて出ると、小島さんが心配そうな顔をして立っていました。その後ろにはかの子ちゃんもいました。

「三浦さんがトイレで泣いているって、かの子が言うものだから」

と、小島さんは弁解めいて言いましたが、誰かのせいにするのは小島さんの癖です。私は別に泣いていたわけではなく、吐きながら喉を鳴らしたり、独り言を言ったりしていただけでしたが、その後も、小島さんは「三浦君が泣いていた」と言っていました。そういうときの彼は嬉しそうでしたね。

部屋のこと

食事の話ばかりしましたが、今度は部屋の話をしましょう。

『抱擁家族』では、アメリカ帰りの青年山岸が、奥さんが亡くなった後に、

「ぼくでよかったら来ますよ」

と積極的に言って、引っ越してくることになっている。ちょっとそこのところが作者の都合のいいようにできていますが、あの青年山岸は、間違いなく私がモデルです。あの頃、小島家に移り住んだアメリカ帰りの人間は、私以外にはいませんでしたから。

小説によれば、山岸はかの子ちゃんの部屋に住んだり、一男君（小説では「良一」）の部屋に移ったり、主人公の「俊介」の部屋にさえも入り込んだりして、良一君から「家の主人のような顔をしている」と批判されていますが、誰の部屋に住んだのか、私には、今はまったく記憶がありません。小説では、その頃かの子ちゃんは一人だと不安になるため、夜は父親の部屋で寝ていたとあり、確かにそういうことがあったかもしらず、最初かの子ちゃんの部屋に私が住んだというのはありそうなことです。一男君は、小説では家を出ると言って、悶着を起こし、友達のアパートに泊まりに行ったり、その友達を連れて来て、母親の部屋で一緒に寝たりしています。これは事実であり、そうすると私も、入れ替わって彼の部屋に入ったこともあったかもしれません。この二つの子供たちの部屋は、三畳か四畳ほどの、バンクベッドと作りつけの机があるだけの、まことに簡素な小さい部屋ですが、小島さんの部屋はさすがに家の主人の居室だけあって、十畳か十二畳ほどの広さ。南

西の二方向に窓が開き、西に富士山が見え、大きな机が中央にあって、後ろにベッド、壁には本棚も具わり、来客と対話もできる堂々たる部屋で、さすがにここに住んだ覚えはありません。これは、作者が山岸の傍若無人振りを描くために、小説にはそう書いたのかもしれませんが、あるいは、ひょっとすると、実際にそういうこともあったかもしれないという気もするのです。

と言うのは、先ほどもお話ししましたが、東北沢に借りていたアパートが、私が小島家に来て空いたのに小島さんが眼をつけて、ときどき執筆のために使うようになったのです。

私のアパートの部屋を小島さんが使う

昼間、自宅で執筆するのは、どうも落ち着かないようで、小島さんは、大学の授業のない日は、朝、弁当を作り、それを持って、はるばる東北沢まで、中央線と小田急線を乗り継いで出かけて行くのです。私の住むアパートは、土地の農家の人の経営で、その人の家の裏手にあり、家の横の細い路地を入って玄関に行く、奥まった静かな環境でした。階段を上ると、すぐ左手にあるのが私の部屋で、窓からは下の路地が見下ろせました。

小島さんは、部屋に入ると、机の上に原稿用紙を拡げ、鉛筆を置く。それから周りを見回したり、煙草を吸ったりして、すぐには書かないと言っていました。まず弁当を食べることも多かったようです。

一男君も

小島さんが私の部屋に来るようになると、今度は、長男の一男君が私の部屋を使わせてくれ、と言い出すようになりました。大学の帰りなどに、友達と一緒にもぐり込んで何かしたいということだったのでしょう。

反対する理由はありませんでしたが、ちょうど買ったばかりのコロンビアのステレオが置いてあり、大事に使っていたので、

「ステレオは使わないで」

と言いました。

一男君はちょっと引けた感じでしたが、そばにいた小島さんが、

「そりゃ、そうだよ」

と、言ってくれたので、助かりました。一男君は、『抱擁家族』にも書いてありますが、その頃、家を出て一人で生活したくてしかたなかったようです。もっとも、私は、後になって当時のことを思い出すと、どうしてあんなケチくさいことを言ったんだろうと残念に思います。

じつは、それより少し前、小島さんの奥さんの葬儀のときに、私は祭壇の前に坐っているのが退屈になって、外に出たことがあり、そのとき、国立駅に通じる通りに出ていた一軒の屋台に近寄ると、一男君がいたんです。彼も退屈していたんですね。同じ仲間意識で一緒に飲みました。どんなことを話したか忘れましたが、彼が私の海外生活に興味を持って、いろいろ訊いていたと思います。

その後、一緒に暮らすようになって、私が小島さんから買い物を頼まれたことがあります。

「ニンジン、ジャガイモ、お米……」

などと言われるのを、私はメモ用紙に英語で書いていきました。すぐに漢字が思い出せなかったのと、海外生活の続きで、その方が楽だったからです。

そのとき、ひょいと横を見ると、一男君が興味津々という顔で覗き込んでいました。小島さんが、

「やっぱり、違うね」

と感心した顔をしましたが、その後で、一男君もマネしてやってみたが、すぐ投げ出してしまった、というような話でした。

そんなわけで、一男君の心情を考えると、私が、

「ステレオは使わないで」

と言ったときに、彼は、

「冷たいな」

と思ったでしょう。

一男君は、人の愛情を、特に父親の愛情を求めていたのではないかという気がします。確かに自分勝手な人間ではあったかもしれませんが、優しいところもあり、最後はアルコール中毒で、廃人同様になって亡くなったということは、ちょっと残酷すぎる運命の結末だったような気がします。

小島さんと一男君

親子の愛憎問題は周りからはわからない、というのが私よりも何年も前から小島さんの家族と親しかった田村敏夫さん（前出・明治大学商学部教員）から聞いた言葉でしたが、小児麻痺で手足の不自由な一男君に対して、小島さんが、愛憎の混じった複雑な思いを抱いていたことは、芥川賞受賞前の小説「微笑」などにも明らかです。

私が下宿していた頃も、一男君は小島さんとはうまく行っていなかったようで、一男君が腹を立てて小島さんの顔面を蹴り、メガネが飛んだと、メガネを片手に、赤くなった眼の縁を見せながら、小島さんが話してくれたことがありました。ポリオを患っていた一男君は、右手と左足が硬直していて、右手が使えないために、足で、ひょっとすると硬直した方の、より重い足で蹴ったのでしょう。小説「微笑」によれば、一男君が幼かった頃、小島さんがぶん殴ったり、放り出したりしたことがあったということですが、その仕返しと言えないこともないかもしれません。

私がいた間に、小島さんが一男君に罰を加えたり、厳しく当たったりしたのは見たことがありませんが、あるとき、一男君が、父親が著名な作家であることを他人に自慢げに話したということを、びっくりするほど厳しく批判したのを聞いたことがあります。子供がそのぐらいなことを言うのはご愛敬じゃないか、と思ったほどのことですが、自分の子供だからかえって許せないんですね。子供にとっては甘えることのできない親、うっかり手を出すと、ひっぱたかれる親、ということで、だんだん距離が拡がっていったように思えます。

私が下宿することに対しても、小島さんに言わせると、一男君は反対で、不経済だと言っていたそうで、『抱擁家族』にもそう書いてありますが、まあ、これは、他人を借りて自分の言いたいことを言わせる小島流だったかもしれません。一方で、小島さんは一男君の絵の才能を高く評価していて、あるとき、誰だったか画家と言われる人の絵を眺めながら、

「一男の方がよっぽどうまく描くよ」

と洩らしたことがあります。

ちなみに、小島さんは、友人の、明治大学法学部教授で美術評論家の岡本謙次郎さんの縁で、「秀作美術」というグループに属していて、美術の方でも一家言を持ち、私が、アメリカやヨーロッパで見た絵画の話をしたら、その会合に連れて行ってくれたことがあります。

絵を通じてでも親子が繋がる方法はなかったのだろうか。

傍（はた）から見てそう思うだけで、実際にはそういう選択肢はなかったんでしょうね。

小島さんに勧められて小説を書きはじめる――小説に対する小島さんの信念

小島さんは毎晩小説の話をしながら、私にも小説を書けと、何度も勧めました。小島さんは、誰かと親しくなると、必ずといっていいくらい、小説を書くように勧めていたようです。小島さんは、小説という芸術のジャンルに絶対とも言える信頼を置いていました。彼にとっては、小説は単なる技芸や生活の手段などではなく、生活そのもの、人生そのもの、信仰の対象ですらありました。ちょっと西洋芸術的な言い方をすれば、小説の女神に魂を捧げて、毎日その言葉を書き留める人間と

いったところです。

当時、私は詩を書くつもりで日本に帰ってきましたが、小島さんは、詩よりも小説の方が優れている、と言うのです。その理由は、詩よりも自由であること、何を書いてもいいこと、人生のあらゆる出来事を取り込めること、だと言うのです。私はアメリカで詩を学び、詩が文学の最上位にあり、詩論が文学論を代表することを知っていましたから、小島さんの言うことは新鮮でした。しかも、現役の作家が心を込めて言うのですから、説得力がありました。

私の最初の小説

そこで私は、小島家の二階の子供部屋で、原稿に向かって、小説らしきものを書きはじめました。最初に書いたのは、その頃東京で付き合っていたアメリカ人の女性と京都、奈良を旅行した話でした。旅費を倹約するために、彼女は、旅館では一緒の部屋に泊まってもいい、ということでした。その頃は、西洋人の女を連れて歩く日本人の男は少なかったので、電車の中などでじろじろ眺められるばかりでなく、わざわざ席を立って、話しかけてくる男もいたりし、また、奈良の旅館では、女中さんが布団を二つ並べて敷きながら、私に向かって、甲斐性のある男の人は違いますね、とお世辞みたいなことを言ったりしました。そばにいたアメリカ人の女性には、幸い、通じませんでしたが。

それで、私も、だんだんその気になっていって、夜、寝ているときに、彼女に、話を持ちかけてみたのですが、彼女は相手にしてくれませんでした。そして、最後に別れるときに、

「あなたはアメリカ人の女とはあんまり付き合ったことはなかったのね」

と言われて、ギャフン、おしまい、という作品でした。

原稿用紙二、三十枚ほどのもので、書き終わって早速、一階の居間にいた小島さんのもとに持っていきました。部屋に帰って、しばらくすると、階下から小島さんの笑い声が聞こえてきました。

私はまた下に降りて行き、原稿を前にした小島さんに、

「どうです。面白いでしょう」

と言うと、

「ああ、面白い。そう言う君がまた面白い」

と、私を見上げて言いました。

確かに、小島さんに向かって、自分の作品が「面白いでしょう」などと言ったのは私ぐらいなものでしょう。もちろん、そのときには、それほどヘンなことだとは思いませんでしたが。

小島さんはその原稿を、訪ねて来た雑誌の編集者に見せたようです。後で、

「自分が書けていない、ということだったよ」

と言われました。

「まあ、そんなとこだよ」

と小島さんは、半分慰め顔に言いましたが、私には、そんなことはどうでもいい、とにかく、まだなんだかよくわからない世界でした。

「自分が書けていない」ということは、しかし、その後の私の最大の課題となってゆくのです。

「ぼくのために書いている」

小島さんは、編集者が来るたびに私のことを話題にしていたようです。英語で独り言を言ったり、大きなくしゃみをしたり、吠えるように鼻をかむとか、それはヘイヒーバーというアメリカ独特のアレルギーだとか、二階の私のいる部屋を指差して話していたらしい。編集者は、

「彼は何のために書いているんですか」

と、訊いたということです。アメリカから帰国して、小説家の家に居候してまで書いている。何かの賞を取るとか、目的があるんだろう、と思ったのでしょう。小島さんは、

「ぼくのために書いているんだよ」

と答えたということです。

それを聞いて、私は、まったくその通りだと思いました。書いて、小島さんに読んでもらう、それだけの作業でした。それはその後何年も続きました。芥川賞をもらうまでそうだったと言ってもいいと思います。小島さんは、私が書いた原稿を、職場——つまり、明治大学工学部の英語科——の先生たち、浜本武雄さんや井上謙治さん、少し経ってからは近藤正毅さん、金井公平さんらにも読ませ、月に一度か二度、どこかに集まって飲む席で、それについて皆で意見を言い合う、ということを繰り返し続けました。

改めて、今、この席で、関係者各位にお礼を申し上げます。

そのうち小島さんは、

「三浦君の小説は読まなくてもわかる」
と言って、読まずに来て、酒の席で他の先生たちが言うのを聞きながら、自分の意見を言うようになりました。

一方、私は、小説の方は依然として万年手習いの段階でしたが、その頃入会させていただいた浜本先生や井上先生などの「二十世紀文学研究会」の会誌『二十世紀文学』に、アメリカの詩論「ニュークリティシズム」についてや、大庭みな子さんの「三匹の蟹」についての評論などを書きはじめていました。小説よりも評論やエッセイの方が書きやすく、居心地がよかったわけです。

「返照」

その頃小島さんが何を書いていたかというと、新聞、雑誌などに書かれた記事、エッセイなどは別として、小説としては『世界』に「街」、『群像』に「返照」ですね。そのうち「街」は、私は読んでいませんし、全集にも載っていませんので、これから探して読むのはたいへんですが、「返照」は出たときに読んで、ちょっと驚きました。どうして驚いたかというと、私のことが書いてあったというのもその理由の一つですが、私が今まで読んできた小島さんの小説の、虚構の混じった寓話風なもの、あるいは、他人事や他人と自分との関係を独特の視点で眺め、ユーモアや余裕を感じさせるもの、とはまったく違って、自分自身を真っ正面から見据え、作者と作品の間に痛々しいほどの距離感しか感じさせない短篇だったからです。

「小島さん、変わってきたんじゃないか」という感じでした。

これは大雑把に言って、奥さんを亡くした後の、奥さんに代わるべき女性探しの話ですが、小島さん自身をモデルとした主人公の心の揺れに焦点が当たっていて、それを客観視させる装置として、Hというアメリカ帰りの青年が主人公にいろいろ批判的な意見を言うという仕組みになっています。このHは、『抱擁家族』では「山岸」となる人間で、どこから見ても私がモデルになっていることは間違いないようです。

「返照」というタイトルは、奥さんがいなくなったことの「照り返し」、つまり、奥さんの死がどう主人公に跳ね返ってきているかということだと思います。

自意識の格闘

「春が近づいてこの頃うたたねをしているとき」、「ホッとしている」自分に気づいて、「ホッとしているどころじゃないぞ」と、居直って、亡き妻と対話をはじめるという書き出しですが、この「ホッとした」という言葉は、私もご本人から聞いたことがあり、あるとき、小島さんと話していて、奥さんとの苦労話に及んだとき、

「亡くなって、ホッとしたでしょう」

と小島さんの言葉を借りて言うと、ものすごくイヤな顔をしたのを覚えています。

そんな生やさしいものじゃないさ、と言いたくて、「返照」という小説が、ああでもない、こうでもない、と続くわけですが、その七転八倒ぶりというか、自意識の過剰な格闘ぶりは生やさしいものではありません。作品の中でも、主人公の行動は「唐突すぎる」とか、「玉突きの球のように、

あちこちぶつかって回る」とか、表現されていますが、ぶつかって回られる周りの人たちにしてみれば、たいへん厄介なことだったに違いありません。

じつは、Hのモデルになった私自身にも、その「玉突き」が及んでいまして、そのおかげで、私のそれまでの人生観にも大きな揺さぶりが来ました。

ちょっと、そのことをお話しします。

「見せるための行動」

それは、小説のはじめの方にHに関するエピソードとして語られていることですが、ある家庭を小島さんと井上先生と一緒に訪ねて行くことになり、どこかで待ち合わせをしたときのことです。細かいことは忘れてしまいましたが、確か吉祥寺の浜本先生の家を訪ねて行ったのではないか、何かお祝い事か、弔い事か、それとも、ただ、ご馳走になりに行ったのかは、覚えていませんが、一升瓶を買って、下げていったように思います。

私は十五分ほど遅れて、待ち合わせ場所に行きました。今は別として、若い頃は時間ギリギリに行くのが私の癖でした。それですと、乗り物や場所に不慣れだと、つい、遅れることになってしまいます。小島さんと井上さんは、すでに歩道に立って待っていました。二人とも笑顔で、私が遅れたことにはなんとも言いませんでしたが、小島さんは、手土産に酒を買っていこうと言って、自分の持っていた風呂敷包みを私に預け、近くに酒屋を探しに行きました。一升瓶を買ってきたように思うのですが、はっきりは覚えていません。その後は、何事もなく一日が終わりました。

それが小説の中では、私のモデルであるHがやってくると、主人公は持っていた荷物を彼に預けるやいなや、駆け出すんです。そしてHの言葉で言うと、

「あの店からこの店、この店からそちらの店というふうに、球撞きの球のように駈けまわり、けっきょく求めるものがなかった」

と彼に告げた、となっています。Hは更に、

「僕の考えでは、あなたは、わざとあることを見せようとしているのです」

と言います。私はそんなことは言った覚えはなく、このセリフは作者（小島信夫）を代弁したものです。

それに対して小説の主人公はこう自分に言います。

「私は十五分間、彼を待っていたのだ。予定の時刻より十五分おくれていたのだ。私は彼がきたら、その土産の一つであるその荷物を預けて、ああしてこうして、と段取りを決めていた。そこへ彼は悠々とやってきた。その荷物はもともと彼が運んでくるはずのものであった。それを私は彼に運ばせず一日持って歩いていた。私はいくぶんあてこすりで、わざと走りまわって見せたのかもしれない」

そして更に、

「走りまわっている自分の奇妙な姿を、私が、見せてもかまわない、と思っていた（……）それだけではない。おれはおかしい、おかしいのをよく見ておくがいい。こんなふうに人間というのは、おかしいのだ。そうしてお前らだっておかしく見えなくても、ほんとうはこのおれよりずっとおか

しいはずなのだ。おかしいもの同志じゃないか」

自分の外に出さない、出したくない気持ちを見せるために行動する、これは私にとってはまったく新鮮な体験でした。それを裏返しにすると、人には口にこそ出さないが、言いたいことを隠している場合があり、それはその人の行動を見て判断するしかない、ということです。

アメリカ人は額面通り

そうおかしなことではないし、日本人なら暗黙裏に理解していることかもしれませんが、そのときの私には衝撃的でした。二十歳のはじめにアメリカに渡り、海外生活十年を送った私は、最初に付き合ったアメリカ人から、「自分を含め、アメリカ人は本音しか言わない。裏で考えて、言わずにいることなどない」と言われ、その通りだ、それが正しいことだと思い、自分でもそれを実践してきたからです。このアメリカ人は戦後日本に駐留したアメリカ兵（ＧＩ）の一人で、日本人と結婚してカリフォルニアに住み、郵便配達をやっていました。「日本人は人の言葉の裏を考えるが、アメリカ人にとっては、言った言葉がすべてだ」と奥さんとの体験を元に話していました。

実際、アメリカではずっとそれで通ってきました。私も、自分の言いたいことはすべて口に出し、相手とは反対の意見を言うこともありましたが、決してそれで不愉快な思いをしたことなどなく、こんなことを言ってもいいだろうかと思うようなことでも、何事もなく終わって、相手とのしこりなど一切残らなかったものです。

小島魔術——私の変化

しかし、「返照」を読んで以来、いや、小島家に住んで以来、それはすっかり変わりました。人間には裏があり、それが面白い、という、心の働きの微妙さに気づくようになり、小説を書く場合には非常に大事なことを学んだわけですが、小島さんの魔術にかかったと言ったらいいか、その頃は、それにすっかり心を奪われて、自分という人間までが変わったような、夢を見ているような気持ちになり、どこかよその家に行っても、今までとは違った気分で周りを見回したものです。

小島さんの再婚問題

さて、私の話はこれくらいにして、いよいよこれから小島さんの再婚問題について話をしましょう。この問題が、私がいた間の小島家における最大の懸案で、これが解決すれば、当然私は用なしとなるわけです。

家族会議

小島家では家族会議がたびたび開かれました。小島さんの号令一下、一男君、かの子ちゃんと、それに私までが一階の居間に集められるのです。よその家庭のことは知りませんが、私にはとても珍しく思われました。子供たちや、同居人までも集めて、これからの家族のことを相談する。非常に民主的ですが、民主的過ぎて、なんとなくおかしい。私が住んでいた何軒かのアメリカの家庭だって、そういうことはありませんでした。父親が子供にああしろ、こうしろと言うだけです。アメリカ人の家庭では、父親の権威は強いものでした（私の見聞は限られていることはお断りしておきますし、なにしろ六十年も昔のことですから）。

小島さんが、自分の独断で決めようとせずに、多くの人の意見を求めたのはこの家族会議に限りません。大学の英語科の先生たちと一緒に飲み会を定期的に開いたり、自分から言い出して二十世紀文学会のメンバーによる討論会をときどき行ったりしたことなどにも表れていると思います。また、作品の上でも、晩年に、いろいろな人々の意見が響き合う文学的スタイルを生み出したことにも繋がることだと思います。とにかく、人と集まって話をすることの好きな人だったと言えるでしょう。

「文学とは豊かなものだ」

脱線ついでに、もう一言言わせていただくと、

「文学とは豊かなものだ」

と、言われたことがあります。

そぎ落としたり、削ったりするのではなく、いろいろなものを取り込んでゆくのが小島さんのスタイルでした。それは、先ほど、私が小説を書きはじめたきっかけの話で申し上げたように、文学の優れているのは人生のあらゆる出来事を取り込めるからだ、という信念の表れであり、小島さんの生活そのものがそうだったと言えると思います。

「文学とは豊かなものだ」

という考えは、今以て私が小説を書くときの大きな指針となっています。

閑話休題。

再婚の課題

それでは家族会議に戻って、そこで主要な話題になったのは、小島さんの再婚の問題と、一男さんが出してくる要求をどうするか、ということだったと思います。

小島さんが自身の再婚について言いはじめたのは、私が来てから間もなくでしたから、奥さんの四十九日を終えるか終えないかの頃で、ずいぶん早いといえば、早いです。それだけ家族を支えていくことがたいへんでしたし、一方、書く方は、これからという時期でしたから、誰か家事に専念してくれる人がいないかという思いは切実だったと思います。それと、前にも言いましたが、「世の中に楽しいことは女しかない」というほど女が好きだった小島さんにとっては、そちらの方の問題もまた重要だったと言えます。それについては、「返照」の中にも、亡くなった妻についての肉体の思い出や、性欲処理についてのHとの会話などに、描かれています。これは私がパリで働いていたときに人妻と付き合った話を引用したもので、その他、前にも言いました、背の高い女に振られ、やけ酒を飲んで吐いた話など、私が小島さんに個人的に話したことが、この頃の小説ではあちこちで引用されています。「書くよ」とか、「書いたからね」というような断りは一言もなく、「おや、こんなことまで書くのか」と思うこともありましたが、まあ、「小島さんだから」と黙認です。

しかし、晩年になって、これが小島さんの知人の間で物議をかもしたことは、皆さんもご存知だろうと思います。

また、脱線しかかりましたが、小島さんが家族会議で自分の再婚を問題にしたのは、もちろん子供たちの了解を得るためであったし、また子供たちの気に入るような相手を探すために、どういう女がいいか、あらかじめ予想を立てておこうという狙いもあったと思います。

子供たちの反応

はじめは、子供たちは二人とも乗り気ではありませんでした。特に、娘のかの子ちゃんは大反対。しかし、そのうち小島さんの苦労がわかってきて、条件つきで賛成するようになります。条件というのは、家事を喜んでやってくれる人、家族に優しい人で、二度目の母親を迎える女の子にとっては当然とも言える要求でした。

一方、一男君の方は、そう簡単にはゆきませんでした。

基本的に言うと、父親の再婚については、一男君は「おやじがそうしたかったら、そうしたらいいだろう」という容認の態度で、それに加えて、「どうせ連れて来るなら、おれたち家族にもいい人を連れて来てくれ」という程度のものでしたが、それよりも、自分が家を出て、一人で暮らしたい、という気持ちの方が強かったと思います。

一男君が家を出ることについては、小島さんは大反対でしたし、かの子ちゃんもそうでした。小島さんは、それについて、私がいる手前、一男君と華々しくやりあうことはありませんでしたが、

『抱擁家族』によると、私が一男君をたしなめてほしいと秘かに願っていたと書いてあります。私はそのとき、どう思うか訊かれて、「自分にはよくわからない」と言ったようで、まあ、妥当な返事だったでしょう。

子供に対する小島さんの態度の違い

この二人の子供たちに対する小島さんの態度は、男の子と女の子だから違って当然と言えないことはありませんが、傍（はた）で見てもはっきりわかるくらいの違いがありました。

一男君に対しては、特に厳しかったとも思えませんでしたが、困ったやつだが、父親としては、今までの事情もあるから、なんとかしてやらなければならない、という受け身の姿勢だったのに対して、かの子ちゃんに対しては、可愛いから何でもしてあげるという、積極的な愛情を感じさせるものでした。『抱擁家族』にも書いてあることですが、母親が亡くなって、一人で寝られないので、二階の小島さんの部屋で寝かせてあげるとか、デパートに一緒についていって買い物をしてあげるとか、細かいところまで身の回りの世話をし、かえって「放っておいて」と言われたくらいです。体の成長が早いので、

「骨が鳴るんだ」

と本人の前で話題にしたこともあり、そんなに身近なことまで観察しているのに驚きました。私にも娘がありますが、そんなこと、気がついたことがありません。

一男君の穴掘りと地下の部屋

家を出ることを禁じられた一男君は、どうしたかというと、友達を連れて来て一緒に暮らしはじめました。父親が三浦さんを連れて来たから、自分も友達を連れて来たっていいじゃないか、と思ったのかどうかはわかりませんが、多分それもあったでしょう。家の中で、父親には話し相手があるのに、自分は孤立していると思ったのかもしれません。

二人の青年は一階の、元の母親の部屋で一緒に寝起きしはじめました。同居したのは同じ明治大学の学生で、東北出身の、体の大きい、無口で、おとなしそうな青年でしたが、同じ家に、自分の通っている明治大学の先生が二人もいたのでは、おとなしくせざるを得なかったでしょう。

そのうち、二人で暮らすのも窮屈になったとみえて、一男君はまた、家を出たいと言い出します。小島さんはもちろん反対。そうすると一男君は、別々に暮らしたいと言って、西向きの斜面になっている家の下を、友達と二人で掘り出します。そこに部屋を作って、友達と一緒に住もうというのです。そうでもさせてやらなければ、一男君の家出願望を抑えることができないので、小島さんも、不承不承承知しましたが、そんなことをすれば家が傾きかねないということは、呑気な話ですが、掘り出して、しばらく経ってから気がついたようです。今なら、真っ先に、地震が来たらどうするか考えるところですね。

小島さんには、郷里の岐阜に土建屋さんをやっていた弟さんがいて、その人と電話で相談したようです。やがて弟さんが来て、家の下の穴の具合を調べ、しばらくしてから、道具を持ってまたやって来て、今度は本格的にそこに部屋を造りました。天井の低い小さな部屋です。そして、どういうわけかわかりませんが、一男君はそこには住みませんでした。友達と二人で住むには狭すぎたし、穴蔵みたいな部屋ですから、まだ元の母親の部屋の方がずっと住みやすい。それに、そんなところに寝泊まりしても、彼の望みの独立した生活などとてもできないということがわかったからでしょう。結局、その部屋は小島さんの書庫になって、ときどき小島さんがそこで原稿を書いたり、昼寝したりする場所になりました。

小島さんの再婚

子供たちのことはこのぐらいにして、いよいよ小島さんの再婚について話しましょう。

体当たり的なアプローチ

奥さんの世話をした看護婦や、デパートで買い物をしたときに、感じがよかった女性などに声をかけて、会った話は、前にもちょっと触れましたし、『抱擁家族』にも書いてありますが、私が感心したのは、私なら、そういうことはなるべく内密にしようと思うのに、小島さんは、まるでそれが予定表に書かれたリハビリか何かのメニューであるかのように、「人眼も憚らずに」と言っていいくらい、大胆に行動したことですね。これは私の想像にしか過ぎませんが、若い頃にどもりを直そうとして、往来などの人が多く集まるところに立って話をするという訓練をした経験と結びついているのではないでしょうか。それでいて、マスコミなどに対する警戒感、自分を売り込んだり、宣伝したり、ちょっとでも売名と疑われそうな行動に対する、臆病とも言える警戒感は、並大抵ではありませんでした。『抱擁家族』でも、娘に

「お父さんは気が小さい……」

と言わせていますが、どっちが本当なのでしょうかね。

私が紹介した相手（1）

小島さん自身が体当たり的に再婚相手を見つけに行った他に、私が相手を紹介したことも二件ほどありました。そのうちの一件は、当時私が付き合っていた、映画の助監督をしているという男からの紹介だったと思いますが、小島さんと二人で六本木かどこかの喫茶店で女性と会い、三人で話し合いました。ところが、途中、小島さんは唐突に席を立って先に帰ってしまい、私がその女性と二人で取り残されるという事態になりました。

この女は自分向きではないと、小島さんは思われたのか、あるいは、私が事前に、紹介してくれた友人に対して、見合いの相手は小島さんなのだと、何度も断っておいたはずなのに、それが十分伝わってなく、小島さんはそれを察知して帰られたのか、よくわかりません。

その後、私はその女性の面倒を見なければならなくなり、話すこともないので、ダンスホールに連れて行くなど、余計なことまでしたために、向こうは私が相手だと確信したらしく、後の始末に困ったということがありました。

私が紹介した相手（2）

二例目は『読書空間、または記憶の舞台』の「小島さん、済みませんでした」に書いたことですが、小島さんが岐阜に旅行中に起こったことです。小島さんは郷里の岐阜にはたびたび帰っていました。先ほども話したように弟さんもいましたし、小島さんの資料を集め、年譜を作成した詩人の平光善久さんをはじめ、文学仲間やファンも相当おられたようです。

春先のことだったと思いますが、私が居間の絨毯の上に寝そべって天井を眺めながら、小島さんのお見合いのことを考えていると、突然、小島さんは、ひょっとすると再婚の相手を探すために岐阜に帰ったのかもしれない、という考えが浮かび、話が決まってしまったらたいへんだと、すぐに、小島さんが残していった岐阜の連絡先、友人宅、に電話したところ、ちょうど別室で小島さんが女性と話しているところでした。呼び出してもらい、こっちの事情を告げ、早まったことをしないでくださいと頼みましたが、まさに間一髪でしたね。

小島さんはその後で、女性と同じ部屋に布団を並べて泊まったそうですが、朝、眼が覚めてから、女性に枕で打たれたそうです。

どうしてかはご想像に任せます。

私が紹介した女性は、私の二年歳下の友人の姉さんで、父親は工作機械の方面ではかなり知られた学者で、裕福な家庭に育ち、お花やお茶などの稽古事の、どっちだったか忘れましたが、名取りの資格を持ち、日本画も描き、文学書もいろいろ読んでいて、なかなかの才媛でした。四十歳ぐらいだったと思いますが、まだ独身で、親が長年心配してきたものの、いい縁がなかったようです。ちょっと太り気味で、器量の方は、人に薦めたいと思うほどではありませんでしたが、小島さんは、どっちかというと、肉づきのいい女性が好きなようでしたから、何とかなるかもしれないと思った次第です。

お見合いの当日、小島さんは式服を着てきましたが、こんな小島さんを見たのははじめてです。相手のお宅に伺い、座布団に座り、父親は亡くなっていましたので、母親を交えて、話をしました。内容はすっかり忘れましたが、小島さんが、奥さんが亡くなった後の自宅の窮状や、再婚するに当たっての条件などを話したことは間違いないところだと思います。相手の女性の母親は優しい、よく気のつく人で、和やかに話が進んだと思いますが、穏やかすぎて物足りないと言えば、言えたでしょう。結果は、小島さんはノー。理由ははっきりわかりませんでしたが、上流家庭風は小島さん向きではありませんね。

浅森愛子さん

さて、いよいよホンメイの浅森愛子さんの登場です。この方については、私が紹介したわけではないのですが、私が媒介役になったことは間違いないところです。というのは、彼女は私が借りたアパートの一番奥の部屋に住んでいて、その縁で、私が小島家に連れて行くことになったからです。

小島さんがときどき執筆するのに、東北沢にあった私のアパートを使ったことは、前にお話ししましたね。しばらくすると、それが、執筆だけではなく、小島さんを中心とした英語科の先生たちの集まりの場ともなりました。月に二回ぐらいは、誰言い出すともなく、授業の終わりを待って、みんな揃って小田急線に乗り、東北沢まで行ったものです。

ある日、部屋のドアを開け放しにしたまま、小島さん、浜本先生、井上先生と私の四人で一杯やりながら話し合っていると、玄関の階段を上ってきて、誰かが廊下を通り過ぎました。浅森愛子さんでした。どこかを訪ねた帰りと見えて、和服を着ていて、私たちの姿を見ると、

「こんにちは」

と、笑みを浮かべ、頭を下げて行きました。会釈をしたときに、腰をかがめたので、お尻の丸みが見えたのが印象的でした。

「誰だ、あれは」

と最初に言い出したのは、浜本先生でした。

「奥の部屋に住んでいる女性ですよ」

と私が言うと、

「呼んでこようじゃないか」

小島さん、井上さんも賛成したのですが、私が躊躇していると、

「よし、おれが行ってくる」

と、浜本さんが立ち上がり、出て行きました。酔った勢い、という感じでした。

しかし、十分経っても、二十分経っても、帰ってこないんです。

どうしたんだ、ということになって、みんなで見に行きました。

そうすると、浜本さん、浅森さんの部屋のベッドの上に寝転がって、畳の上に座っている浅森さんと話し合っていたんですね。

それからどうなったか、よく覚えていませんが、それが小島さんとの出会いのきっかけでした。

そのとき、私の部屋に来て一緒に飲んだという記憶もないのですが、小島さんはいわゆる「一目惚れ」だったようで、その後でいろいろ彼女について私に訊いていました。まことに、ドアが開いていたことといい、彼女が通りかかったことといい、また、和服姿であったことといい、偶然とはいえ、うまく条件が整っていたと言えます。

その頃、浅森さんは、写真家だったか、インテリア・デザイナーだったか忘れましたが、前の夫と離婚して間もなく、男の子を夫のもとに残して、不動産屋に勤めていました。小島さんに彼女について訊かれて、私は、あまり好意的な返事はしませんでした。というのは、私が玄関に脱ぎ捨てておいた靴を直しておいてくれたり、映画の話をして、一緒に行きたいようなことを言っていたからで、その頃私は他の女と付き合っていたので面倒くさかったからです。

小島さんは浜本先生にも、彼女をどう思うか訊いたらしく、浜本さんは、

「三浦さんが、もう手をつけているかもしれませんよ」

と言ったらしい。

「いや、三浦君はうるさがっているから、大丈夫だ」

と小島さんは答えたという。これは小島さんから聞いた話です。

「いっぺん家に連れてきてくれ」

と頼まれました。

私は、いつもの酒飲み話から生まれたことですし、それほど真剣には考えていなかったのですが、その後しばらくして、浜本先生から、

「三浦君はいつまで経ってもあの人を連れて来ないと、小島さんがこぼしてたよ」

と言われ、そうだったのか、と、早速彼女に会って話すと、

「紹介してちょうだい」

と言われました。向こうも乗り気だったようです。

そして、日を改めて、彼女を国立まで連れて行きましたが、そのとき私が彼女から預かったお土産のお菓子を、電車の棚の上に乗せて、降りるときに忘れてしまったというハプニングがありましたが、小島さんとの話し合いは無事終わりました。実を言うと、そのときどんな風に二人が話し合ったのか、そばに子供たちがいたのかどうか、まったく思い出せないのですが、私自身は多分、席を外していたのだと思います。

そういうわけで、小島さんの再婚騒動もこれでケリがついたわけですが、このことは『抱擁家族』には書いてありません。水声社版の小島さんの年譜には、浅森さんと結婚したのは昭和三十九年の六月となっていますので、私が小島家を出たのもその頃だったと思います。ちょうど大学が夏休みに入った頃ですね。

新カップル小島夫妻による私の結婚の媒酌

偶然というか、不思議なことに、というか、別に見習ったわけではないのですが、小島さんが結婚して間もなく、私も結婚することになりました。相手は東京雑司ヶ谷生まれで、アメリカのミネソタ大学を卒業後、ニューヨークの日本商社に勤めていた女性。たまたま帰国し、彼女と付き合いのあったニューヨーク在住の私の友達から手紙が来て、紹介されたのがきっかけで、結婚しました。それを知った小島さんが、自分たちが仲人をやってやろうと言い出し、新しくカップルとなった小島夫妻の媒酌によって、市ヶ谷の私学会館で式を挙げました。浜本先生なども、積極的に案内状の引受先になってくれたりして、手伝ってくれました。

このときも、しばらくして小島さんが、仲人はやらないと言い出す一波乱がありました。その原因は新婦の家族が式のやり方について何か注文したからだったと思いますが、今ははっきりとは覚えていません。ただ、普通の家庭だったらそう言われてもおかしくないような注文だったので、改めて小島さんのこだわりというか、神経の細かさを感じさせる出来事でした。それにしても、ほとんど期を同じくして二人が結婚したということに、不思議な因縁を感じます。

これをもちまして今回の私の話を終わらせていただきますが、こうやって振り返ってみますと、小島家に下宿した半年間は、私が小島魔術の虜になるに至った時期だったですね。私は根が信じやすい男なものですから、いったん信じたら、なかなかそこから抜け出すのが難しく、小島魔術の影響はその後もずっと続いたと言っても過言ではありません。おそらく、今回、こうやって小島さんとのことを書くことによって、やっと自分の姿を見据えることができるようになったと言えるかもしれません。従って、前回お話ししたように、小島さんの後をついて行ったことが、よかったか、悪かったかを見極めるなどというような、そして、もし悪かったら、別な選択肢があったかもしれないというような余裕は、まったくなかったと思います。

その魔術がどういう作用を及ぼし、どういう支障や確執が起こったのか、そしてそれをどう切り抜けていったのか、あるいは、切り抜けられなかったのか、切り抜けようともしなかったのか、ということが、これからお話しする内容になるのだと思います。

第四章　出来の悪い弟子(1)——「自分を書く」ことに迷い、坐禅や心霊研究に走る

「出来の悪い弟子」の由来

これからお話しするのは、小島さんが再婚され、私が小島さんの家を出てから芥川賞をもらうまでの、二十年ほどの間のことです。正確に言いますと、昭和三十九年（一九六四）の九月から、昭和六十三年（一九八八）の一月まで、約二十二年間のことで、それを二回に分けてお話しする予定です。

小島さんの家を出た後、私もまるで小島さんのマネをしたかのように結婚し、それまで住んでいた下北沢のアパートから、生田にある勤め先の明治大学工学部に近い、百合ヶ丘のアパートに新居を構えるようになります。そうして、小島さんが目を光らせる下で、延々二十二年間、小説を書い

たり書かなかったりしながら、どうやら賞をもらったわけです。賞をもらったときの小島さんの一言は今も私の頭に残っています。

「そんなことって、あるのかね」

これは私が、受賞した知らせのあった晩に、真っ先に電話で知らせたときの返事ですが、それまでの二十二年間が、いかに期待外れだったかということがわかります。

ですから、私は今回のお話に、「出来の悪い弟子」という題をつけた次第であります。

それでは、この二十二年間の師弟関係がどんなだったかを、この話の目的である小島さんの姿ができるだけ浮かび上がるように、お話ししたいと思います。

明治大学工学部・一般教育英語科の研究室で——小島さんの研究室は英語の先生たちのサロン

小島さんの家を出たからといっても、同じ大学に勤め、同じ研究室に机を並べているわけですから、一週間のうちに二度か三度ぐらいは顔を合わせることになります。ただし、同じ研究室を使ったのははじめの十年ほどで、そのうち耐震構造上問題があることがわかり、取り壊して新しい研究棟を造りましたが、そこでは全員が個室に入り、小島さんとは離ればなれになりました。しかし、授業が終わると、小島さんの部屋のドアを叩き、次の授業までお喋りしたり、放課後にはお喋りを続けるのがいつものことでした。小島さんは話をするのが大好きでしたから、嫌がりもせず迎え入れてくれました。というより、こちらの話によく聴き入り、質問し、自分の意見を述べ、新しい視野を開いてくれたので、小島さんと話すことは、学校に行く楽しみの大部分だったと言えるかもしれません。ときには私だけではなく、他の英語の先生たち――浜本武雄さん、井上謙治さんらも、よく顔を見せていました。

というわけで、三号棟四階の、廊下左手の一番奥の個室は、英語の先生たちのサロンのようなものだったと言えます。そうして、一日の授業が終わると――午後四時半か五時頃だったと思いますが――みんな揃って一緒に帰ることが多かったですね。数年経ってからは、近藤正毅さん、金井公平さんもその仲間に加わることになります。

よく飲み屋に行く

明治大学工学部は神奈川県生田の小高い丘の上にあり、そこから最寄り駅の向ヶ丘遊園まで大学の送迎バスが出ていて、帰るときには同じ学部の教員たちが一緒になることが多い。向ヶ丘遊園駅からは小田急線で、小島さん、浜本さん、井上さんらは新宿に出て、中央線に乗り換えます。私は結婚して、反対方向の百合ヶ丘に新居があったので、皆さんと別れることが多かった。

しかし、授業が終わった後で顔を合わせると、暗黙の了解というか、誰かが、

「行きましょうか」

と言い出して、スクールバスに乗らずに、大学の裏手の階段を降りて、生田の街の飲み屋にもぐり込むこともしばしばありました。また、たまには、私も小田急線で新宿まで先輩たちの後について行くこともあり、そうすると、新宿駅西口を出て五分ほど歩いたところにある「おのぶ」という店に寄ることになります（別な方角にもう一軒あったように思いますが、記憶が定かでありません）。

おのぶさんという中年の女性が一人で切り盛りしていたこの店には、どういうわけか文学関係者がよく出入りしていました。私は、居酒屋というところは、それほど居心地がいい場所ではないのですが、小島さん、浜本さん、井上さんらは、けっこう贔屓にしていたようです。私の唯一の思い出といえば、酔っ払った詩人の田村隆一に、使い慣れたボールペンを持っていかれたことです。

井上謙治さんは、東大だったか、どこだったかの、学識を鼻にかける大学の先生と言い合いになり、

「表に出ろ」

と言ったこともありました（どこで覚えたのか、そういうときの井上さんは、穏やかで品のいい大学教師の姿に似合わず、ドスの利いた声を出していました）。

ところで、飲む話は別としても、大学の教員たちがある科ごとにまとまって授業の後に一緒に帰るというのは、かなりめずらしい例ではないかと思う。だいたい、大学の先生というのは、それぞれが専門の領域を抱え、研究室に籠もって「一国一城の主」と言われ、思い思いに行動していることが多い。しかし、我々英語科の教員たちは、小島さんを中心とした一家のような感じで、誰もがそれを当然と思い、むしろそれを喜んでいたと思います。小島さんの話が誰に偏るのでもなく、それぞれの先生たちの抱えている研究上の問題に限らず、生活上の問題についても関心を持ち、話題としたからで、誰もが小島さんの話の輪に加わりたがっていたと思います。

「明治村」をめぐる話

この親密なグループの付き合いを、後に、近藤正毅さんの奥さんの玲子さんが、「明治村」と呼

んで、評判になりましたが、「明治村」はどんぴしゃりでしたね。玲子さんという女性はなかなかの才媛で、小島さんが『別れる理由』を出版した後で、「明治村」の面々が近藤さんの家に集まってご馳走になったことがありましたが、玲子さんは料理を出しながら、小島さんに、

「もう少しわかりやすくて面白いものを書いてくださいよ」

というようなことを言ったので、さすがの小島さんも、食べたものが喉に閊(つか)えるような様子で、

「そうはいっても……」

と、半分悲鳴のような声を出しました。

こういうふうに、飲み屋に行くだけでなく、メンバーの先生のお宅でご馳走に与ることもときどきあったのです。特によくお邪魔したのは浜本先生の吉祥寺のお宅で、次いで多かったのは三鷹の井上先生、続いて、成城学園の近藤先生のお宅でしたね。吉祥寺と三鷹は、小島先生の住まいのある国立へ行く中央線の沿線にあるという地の利もありました。私の家は、幸か不幸か、反対方向の百合ヶ丘にありましたので、皆さんが集まったということはありません。

それでも、あるとき、小島さんが、

「これからは一ヶ月に一遍ぐらい、順繰りに皆の家に寄るというのはどうかね」

と言い出したことがあります。浜本先生、井上先生のお宅に負担が集中するのを懸念した発言だったかもしれません。

私が、家に帰って家内にその話をしたところ、

「男の人は気がつかないだろうけど、どこの家だって、たいへんなはずよ」

と言われたので、そのことをそのまま小島さんに言うと、

「それじゃ、その話はやめにしよう」

と、それまでになりました。

私の家内もはっきりモノを言う方ですが、それをそのまま伝える私も、おかしいのかもしれません。いや、そういう風にモノをはっきり言える雰囲気が、小島さんの周囲にはありました。

この、立ち消えになった、一ヶ月ごとにみんなの家を回るという案ですが、小島さんにしてみれば、奥さんたちも仲間に入れて、皆で話を楽しみたいというぐらいのつもりがあったのだろうと思います。

小島さんと私の家内

余談になりますが、小島さんは私の家内に対しても、いつも関心を持って接してくれ、他の人にもこんなことをよく言っていました。

「三浦さんの奥さんは珍しい人だよ。はじめてウチに来たときには、鼻歌を歌いながら入って来たんだよ。そうして、ぼくと三浦君とが話をしている間、膝の上に本を拡げて読んでいるんだ」

それを、ちっとも不快そうな表情など見せず、むしろおもしろいこと、貴重なことでもあるかのように言うんです。そして、あるとき、私に、

「奥さんを大事にしなさいよ。あなたの宝だよ」

と言われました。

もっとも家内に言わせると、わざわざ鼻歌を歌っていたわけではなく、緊張したあまり、自然にそうなったと言うんですが、それにしてもちょっと変わった緊張の仕方であることは確かです。

小島さんと二十世紀文学会

こういう具合に、小島さんは単に自分が話し好きだったばかりでなく、いろいろな人たちの話を聞くのも好きでしたし、また意図的にそういう場を作ろうともしました。従って、周りにいる米英文学の先生たちとの付き合いを非常に大事にしたばかりでなく、アメリカ文学関係者たちがはじめた二十世紀文学会にも積極的に顔を出しました。会費を払わなかったから会員とは言えませんが、会員よりも積極的なオブザーバー、または、なくてはならない顧問格として、亡くなるまで、ほとんど欠かさず出席していました。

これは、自分が英文学部出身で卒業論文にサッカレーを取り上げ、長年高校で英語を教えてきたからとか、また、特に米英の現代文学に興味を持っていたからというだけではなく、もちろんそれらも重要な要素だったとは思いますが、なによりも周囲の人たちとの会話を楽しむという姿勢から来ていたことです。そうして、これは後でゆっくりお話ししますが、しばらく経つうちに、二十世紀文学会を、ご自分の文学活動の中に取り込んでいく、いい意味で利用していく、ということまでされました。今で言う「ウィンウィン」の関係を作った。具体的に言うと、ご自分がテーマを出して、二十世紀文学会のメンバーたちと何度も対談をされたんです。それはもちろん、私たち二十世紀文学会のメンバーにとっても有益であり、また、楽しい時間であったと言えます。

大学教員としての小島さん――ユニークな講義

さて、ここで話を戻して、小島さんと大学のことを少し話しておきましょう。

はっきり言うと、小島さんは、大学教員としては、模範的だったとは言いかねると思います。お断りしておきますが、ここでは教員の本分である授業について言っているわけではありません。授業に関しては、小島さんは当然ながら一家言を持っていて、教科書に出てくる文章の微妙さ、面白さを伝えることに関しては、非常にユニークで出色の講義をされたと思います。それを忘れずにいる卒業生に私は遭ったことがあります。（これは明治の学生ではなく、小島さんが明治に来る前に教えた小石川高校の卒業生で、今は東大名誉教授の肩書きでお医者さんをやっている人の話ですが、英語の授業のときにある小説の中のセンテンスについて文法上の質問をしたところ、一応説明してくれた後で、「そんな細かいことはどうでもいいから、文章の流れをしっかり把握することが大切だ」と言われ、それがずっと頭に残っているということでした）

役職嫌い

さて、ここにいらっしゃる皆さんはよくおわかりだと思いますが、大学の教員には授業の他にやらなければならない仕事がたくさんあります。小島さんは、人事に関することは別として、その他のことはほとんどしなかったと言ってもいいでしょう。「人事」というのは、たとえば、私を拾い上げたように、教員を雇うとか、教員が講師から助教授、助教授から教授に昇格する人事異動をさばくことなどです。英語科のトップとして、これは専任事項でしたから当然のことでしたが、自分で適任者を探してくるというのではなく、周りが推薦する者について最終的な判断を下す立場にありました。

私が言う、小島さんがしなかったことというのは、まず、役職です。小島さんは英語科のまとめ役でしたから、「主任」と呼ばれることがありましたが、これは役職というより、業務上の手続きなどのための便宜的な呼び名でした。その他、一般教育主任、教務委員、学生部委員、学部長、大学理事、などが、責任と時間の制約を伴う主だった役職でしたが、小島さんはそのどれも、一切引き受けませんでした。あるとき私にこう言ったことがあります。

「自分の研究や仕事がうまくゆかなくなると、みんな学校の仕事に精を出すようになるんだよ」

なるほど、と私は思い、大学在職中、そうならないように努力しました。

それから、もう一つあります。教授会です。

教授会をよくさぼる

教授会は月に一回、金曜日にありましたが、小島さんはよくさぼりました。これは私も片棒を担いでいました。教授会は事務棟一階の大会議室で行われ、はじめに、事務長が、前回と今回の議事録を読み上げるのが恒例ですが、その単調な朗読がはじまると、小島さんの隣に坐っている私が、

「小島さん、出ませんか」

と誘います。

小島さんは、そう言われるのを待っていたかのように、頬を緩め、

「出るか」

と言って、腰を上げます。会議室の入り口には教員の出欠簿を前にした職員がテーブルに座っていますが、彼、または彼女が、見て見ぬふりをする前を、黙って通って出て行くのです。いつもがいつもというわけではありませんが、こういうことが何回もありました。

私たちが教授会に出るのは、賛否を問うような重要議案があるときです。そういうときには禁足令が布かれます。「お帰りにならないでください」と言われるのです。たとえば、学部長の選挙のときなど。

その他、法案審議をめぐって教員同士が口論をはじめるようなときには、野次馬として成り行きを見ています。この頃は、明大に工学部が創立されてまだ数年しか経っていませんから、先生たちはみんな寄せ集めで、明大出身の教授などはおらず、国立大学、特に東大、の定年退職者か、定年になる前に辞めてきた人ばかりで、中には、建築で有名な堀口捨己さん、ロケット工学でよくマスコミに登場した新羅一郎さんなど、世間に知られた先生方も何人かいました。みんなが自分の立場を主張して、鼻息が荒かったのも無理はありません。

よみうりランドでの緊急教授会

ただし、一九六〇年代の末（昭和四十四年頃）に、学内民主化や反戦運動のために全学連や全共闘の学生たちが大学を占拠した際、隣り駅に近い「よみうりランド」の大広間を借りて緊急の教授

会を何回か開きましたが、小島さんは、それには全て出ました。出ただけでなく、頼まれて声明文のようなものを書いたこともあります。また、封鎖中の大学で行われた、学生との話し合いに出て、話したこともあります。

その教授会の最中、こんなこともありました。

お茶や、書類を配って回る女子事務員が目の前を通るときに、小島さんは、

「いいねえ」

と、隣に坐っていた私に耳打ちするのです。

大広間ですから、教員たちはホテルでの宴会のときのように、畳の上に円くなって座り、女子事務員は、その前をストッキングを穿いた脚で歩き回ります。教員は坐って、目線が低くなっているので、目の前を脚が動いてゆく。それを眺めながら言われたんです。ひょっとすると、教授会を休まなかったのは、そんなこともあったからかもしれません。

楽しんで、熱心にやった入試問題作成

小島さんが情熱を燃やしてやった大学の仕事が一つあります。何だと思いますか？　それは英語の入学試験問題の作成です。これはハンパなものではありませんでした。他の大学のことはわかりませんが、少なくとも、当時の明治大学では、入学試験問題の作成は、大学の年中行事の中でも最大の仕事といっていいものでした。入学試験そのものと合わせますと、お祭りと言ってもいいくらいの行事でした。その理由の一つとしては、受験料として少なからぬ現金が一度に入るからで、学

部によっては、事務員ではなく、教員がそれを取り仕切っていましたから、相当部分が分配されて教員たちの懐に入ったわけです。それも、はじめの頃は学部によって違いがあり、有名学部の教員の中には、嘘か本当かはわかりませんが、そのお金で家を建てたという人もあったということを聞いたことがあります。私が、ある看板学部の一つの入試の手伝いに駿河台の校舎に派遣されたときに、その学部の教務主任が、懐から札束を取り出して、仕事が遅くなってホテルに泊まる人たちに、気前よく分けてやっているのを見たことがあります。今から五十年以上も前の話です。

工学部は新参の学部でしたから、そんなことはありませんでしたが、それでも、入試問題を作るときには、その仕上げの作業を、近くの料亭の一室を一日借り切ってやってよいことになっていました。もちろん、作業が終わった後では、そこで酒宴を開くわけです。

ウマい話を先にしてしまいましたが、実際のところ、この入試問題作成という仕事は大変なものでした。毎年、夏休みが終わって、新学期がはじまると間もなく、小島さんの指示を受けて、問題の基となる本文（テキスト）を選ぶ作業がはじまるのです。本番の入試の半年も前のことです。

この本文さえ選んでおけば、もう問題は出来上がったようなものだ、とは、小島さんなどもよく言っていました。後は、その文章の中から問題になりそうな箇所を見つけていけばいいだけですから。つまり、読解力のテストで、当時の試験はそれが中心でした。

その文章は、小島さんの指示で、それぞれの教員の得意とする分野、特に、現在使っている教科書などの中から見つけてくるのです。

「浜本先生、さっきのラングストン・ヒューズの話はおもしろかったけれど、あの中に何か使えそ

うなのはないですか」とか、

「井上さんは今度訳したアップダイクの中に何かありそうかね。アップダイクは難しいかな」

「三浦君は、今使っているサロイアンの中を探してみてくれ」

とか、言われます。

小島さんは、その頃よく英国の作家ロバート・W・リンドのエッセイ集を教科書に使っていて、そこから三、四回試験問題に出題したことがあります。具体的で、軽妙で、アイリッシュ風なユーモアに富んだリンドのエッセイは、小島さんのお気に入りで、教科書の続篇が出るたびに使っていました。

出題する文章の候補が集まると、それをプリントして皆さんに配り、その中で最も出題に適していると思うものを選んでもらう。これがなかなか難しい。まず、受験生に合った、わかりやすい英文であること。論文調ではなく、内容に膨らみのある物語風なもの。しかも、わずか半ページほどの中に、人生の断片が切り取られているようなものが望ましいのです。

とにかく、基準値が高いので、そう簡単には見つからない。何日もかけて探し、ある程度で妥協することになりますが、だいたい小島さんの選んできたものが通ることが多かった。周りの私たちも発憤して、よし、今年は、ということで、新学期がはじまる頃からすでに目星をつけておくこともありました。私も、二つ三つ選んでもらったことがあります。

そして、それからが小島さんの本当の出番になるのですが、選ばれた文章を囲んで、どこから出題するか、皆で討論します。そのときに、内容について細かく探っていく。この男はどうしてこんなことをしたのか、とか、彼女はなぜ黙っていたのか、とか、ここがこうだからおもしろい、あすこが変わっているのはこういうわけだと、小島さんならではのコメントが飛び出します。われわれも負けじといろいろ言うのですが、それがとても楽しいんです。入試問題のようなものでも、小島さんの手にかかると、小説の勉強になってしまう。

小島さんを支えた浜本武雄先生

こういう具合に、小島さんは、大学の業務をただ避けていたわけではありません。自分に合ったものはどんどん取り入れて自己流に処理していました。ただ、あえて言うならば、そばにいて、そうすることを助けてくれる人がいた、ということは確かです。それは、浜本武雄先生です。

浜本先生は、井上先生と私とが雇われる少し前に、工学部の先生になった方です。私の記憶は定かではありませんが、確か、大学在学中に学徒動員で戦争に駆り出され、敗戦後、「ポツダム少尉」か「中尉」になって復員し、大学に戻りました。卒業後は英語教科書専門の英宝社書店に勤めます。どういう伝手で明治に来たのかはわかりませんが、たぶん教科書を通じての面識があって、小島さんが声をかけたのではないでしょうか。書店にあっては、優秀な店員でしたので、社長が別れを惜しんだという話が伝わっていますが、明治に来ても、学校の業務を十二分に果たす優秀な先生として人望を集め、教員としてなかなかなれない教務担当の理事にまでなりました。

そういう人でしたから、小島さんに代わって一般教育主任を務め、英語の他に、物理学や数学、体育などの先生を含む一般教育科を代表して、学内での折衝や発言、事務上の処理などを積極的にされました。全学的な役職である学生部委員や教務委員などもされたと思います。他の学部、明大前や駿河台にある商学部、政経学部などの先生たちとも、校務の上で会うことがよくあり、理事になったのも、彼らの熱心な推薦を受けたからでした。理事になってふさわしいような、威厳のある容貌と風采の持ち主で、他人の意見もよく聞き、決断力にも富んだ人でした。軍人ですと、「指揮官」というのがぴったりな感じでした。

小島さんとは、年齢的に十歳ぐらいの違いがあったと思います。小島さんも招集されて中国戦線に行きましたが、帰ってきたときは「ポツダム伍長」でした。軍隊にいれば「浜本中尉」の方が上官でしたが、浜本さんは小島さんを尊敬していて、何でも小島さんに報告し、相談していました。理事になったときも、真っ先に小島さんに相談したようです。

「浜本さんが、今度、理事になってくれと言われたと言って、相談に来たよ」

と、ある日、小島さんの部屋に行くと、そう切り出されました。

「どうしたらいいかと言うんだが、もう、気持ちは決まっているらしいんでね。やりたかったら、やったらいいじゃないか、と言ったんだよ」

そういう仕事は彼に向いていると、思っていたことは確かです。そのおかげで、小島さんは助かっていたわけですから。ただ、小島さんに相談したのは、その他の理由もあったようで、黒人文学専門家として仕事も増えてきた浜本さんにとって、どうしてもやりたいことがあり、そのことについて小島さんにも話をし、相談に乗ってもらっていたからでした。

小島さんも、浜本さんに対しては、他の者とは違って、一目置いていたようです。学校の事務上のことなどでは、いちいち報告を受けていましたし、人事のことなどでも、真っ先に彼の意見を訊くのが普通でした。

浜本さん自身も、事務上のことなどで、小島さんに「ああした方がいいですよ」とか、「こうしたらどうですか」とか、意見を言うことがあったようです。

あるとき、小島さんが、かなりいらいらしながら、

「浜本君が何と言おうと、おれは帰る」

と言って、家に帰ったことがありました。浜本さんは、何か事務上のことで小島さんに残ってもらいたかったのでしょう。小島さんは、その晩に、再婚早々の奥さんと約束事があったようです。

こう言ってくると、浜本さんは、ただ仕事熱心の堅物のように聞こえるかもしれませんが、実際にはなかなか隅に置けない人で、女性に人気があり、私の家内などは、私の周囲の先生たちの中では、浜本さんが一番好きだったと言っています。これは確か、近藤先生の奥さんの玲子さんもそう言われたとか、伺ったことがあります。

ご本人の浜本さんも、自分が女性にもてることは知っていたようで、あるとき、私が書いた他愛のない恋愛小説の原稿を読んだ後で、

「ぼくは三浦さんなんかとは桁違いの大恋愛をしたことがありますよ」

と言われたことがあります。恋愛に「大」も「小」もないだろうと思いましたが、何事にも真剣に取り組む人でしたから、おそらく、生きるか死ぬかの恋愛だったのでしょう。まだ大学を卒業して間もなくの、書店員だった頃で、お相手は別の書店の店員さんだったようです。

私の文学の師としての小島さん――私の原稿を酒の肴に文学談義

学校関係のことはこのぐらいにしておきましょう。

今までの話は前置きのようなもので、これから本題の、小島さんと私との関係に入ります。私が小島さんの下で、曲がりなりにも、どうやって小説を書いていったか、ということです。

前にもお話ししましたが、小島さんは私が小説を書くと、その原稿を英語科の先生たちに回して読んでもらい、皆で飲み屋に集まって話をするときなどに、それぞれ意見を言ってもらい、最後にそれを総括して締めくくる、ということをよくされました。はっきり言えば、酒の肴にしたわけですが、飲み会のような場でも文学論議を忘れない、小島さんらしいやり方でした。もちろん、酒の肴ですから、めいめい勝手なことを言って楽しむ。ときには脱線して別な話になることもありましたが、大体において文学の話が中心でした。

私の方はそれが参考になったかと言えば、あまりならなかったように思います。もしなっていたら、もっと早く文学に開眼して、いい小説が書け、芥川賞をもらうのに二十二年もかからなかったでしょう。私の文体や文章はどこか小説らしくないところがあったのかもしれませんが、皆さんも、私の小説をより小説らしくしてやろうというよりは、その中に書いてあることを拾い上げて、それについて意見を言ったり、ご自分の小説についての考えを述べるきっかけにしたりされていたようです。

私としては、自分の小説を読んでもらって、それについて話してもらえるだけで、十分満足で、

むしろ申し訳ないぐらいに思っていましたし、小島さんが、

「三浦君の小説は、もう、読まなくてもわかる」

と言って、周りの人たちの意見を参考に自分の意見を述べられても、私の方も、ああ、またいつもと同じだ、と思って聞いていました。お互いに言うことはわかっていたわけです。といって、私が小島さんの話をいい加減に聞いていたということではなく、話の面白さにはいつも引き込まれていました。

日が暮れても話し続ける

「道に落ちている石ころ一つについてだって、小説が書けなければならない」

と言われたことがありましたが、私の未熟な原稿についても、よくこんなに話すことがあるものだと驚くほど、熱心に、長々と話してくれました。

これは、はじめて活字になった私の小説「黒い海水着」の場合ですが、原稿用紙に五十枚ほど書いたのを、大学の研究室で昼食時間中に読んでくださり、たまたま、その後、小島さんも私も授業がなかったので、暗くなってお互いの顔が見えなくなる頃まで、話し続けたことがありました。

やっと暗くなったのに気がつかれた様子で、

「そろそろ帰ろうか」

と、周りを見回してから、

「こんなものだよ、三浦君」

といつものように微笑んで、立ち上がられたときには、私は、その顔が仏様か何かのように見えたものです。

「自分を書け」が中心

そんなにいろいろと話した小島さんが、最終的に私に要求したことは、たった一つ、「自分を書け」ということでした。

小島さんを「モダニズム」だとか、新しい文学の旗手だとか考えたりする人たちは、驚くでしょうが、彼が文学の基本として考えていたことは、この、昔から言われてきたこと一つだけで、そういう意味では伝統的な文学者、文学の本流に根ざした人、と言うことができます。それさえ踏み外さなければ、後はどう書いてもいい、という考えだったと思います。

ただ、それを達成することは至難の業だということは心得ていて、

「急いでやっては失敗する。そろそろと、自分の生皮を一枚、一枚剝がすようにやるんだ」

「自分も、ときどき失敗することがある。これが自分だ、と思って書いているうちに、そうでなかった、ということがちょいちょいある」

「だから、いつでも、初心者のつもりで小説に向かわなければいけない。小説をなめてかかったら、必ず失敗する」

などと言っていました。

彼が晩年になって考え出したいくつかの文学手法、例えば、過去、未来の出来事を、交響楽的に

響き合わせるとか、同じような出来事を反復変化させて、入れ子のような構造にするとかいうのは、全て、この、自分の存在とは何か、ということを、薄皮を剝くように、あるいは、薄皮を貼りつけるように、浮かび上がらせる装置だったと考えていいと思います。

最初によく考える

こういう、「私」を中心とした小説の構造については、はじめの頃から——と言うのは、私が小説を書きはじめた頃、そして、小島さんが『抱擁家族』を書かれた頃からのことですが——非常に関心を持っていたと思います。確か、江藤淳さんが評論集『成熟と喪失』の中で、日本文学の「私」の伝統の中に『抱擁家族』を位置づけていたように思います。

話はちょっとずれますが、題材になりそうなものがあったら、まず、それについてよく考えるんだ、と私にも言っていました。そして、これで小説になる、と見極めをつけることが非常にうまかった。これはどちらかというと、作家として出発して以来、まず短篇を書くことを常に考えていたせいかもしれませんが、その習慣が次第に長篇の構造にまで及んでいったのでしょう。

「トンボ眼鏡」と小島さん

一例を挙げますと、私はよく小島さんに、自分の身の回りに起こった出来事を話すことがありました。これは「トンボ眼鏡」の題材になった話ですが、私の家内が、ある日、一日家事を休んで出かけたことがありました。毎日、育児と家事に疲れた彼女は、私に家のことは任せて、久しぶりに外出の晴れ着に着替え、出かけて行きました。彼女はアメリカ生活が長かったので、当時のアメリカの女性が着るような、ベージュのコートにサフラン色のパンタロン、白いサテンのスカーフを首に巻き、ピンク色のトンボ眼鏡を、ひょいと額に押し上げるように載せ、小説の主人公の恵一から見ると、「ニューヨーク行きの飛行機にでも乗るような格好で」出かけたのです。

彼女が行く先に選んだのは、まず歯医者でした。それも「歯石を取りたい」という、彼女がアメリカにいた頃、医者に注意されていたことを実行しようという目的でしたが、当時、日本ではあまり関心を持たれてはいなかったことでした。

結果は散々で、歯医者は「歯石」などに関心を持たず、「どこも悪いところはない」と言います。家内が、「それでも痛いんです」というと、一応レントゲンを撮った後で、「口を開くときに大きな音がする。ここでは原因がよくわからないから、もっと大きな病院に行くように」と勧めただけでした。

医者の態度も素っ気なくて、厄介者を扱うようでした。恵一が訊いてみると、コートもトンボ眼鏡も、着けたままの格好で診察台の上に乗ったというので、無理もないと思ったのです。

小島さんは、この話を聞くと、ちょっと言い過ぎかもしれませんが、「よだれを流さんばかりの」表情をして、

「それは、そのまま小説になるよ。もう出来上がっているようなものだ」

と、繰り返して言われました。そして、

「奥さんを、できるだけ可愛らしく描くんだよ」

と珍しく、内容についても忠告されたのです。

「自分」が書けていない「トンボ眼鏡」

「それはもうできている。そのまま書けば小説になる」

ということは、これ以外にも言われたことはありますが、小説になったことはありませんね。小島さんが書けば、小説になるんでしょう。彼はちゃんと、小説になるポイントを押さえた上で言っていますから。

私の「トンボ眼鏡」も、もう少しのところで小説になり損ねています。相変わらず「自分」が書けていないんです。せっかくアメリカ人の青年を登場人物に加えたのだから、彼の視点をもっと大いに利用すべきだったのに、そこまで頭が回っていない。作者が主人公恵一の視点に振り回されて、中途半端な家庭小説に終わっています。

しかし、小島さんはこの小説をたいへん気に入ってくださって、「もう少しで傑作になるところだったのに」と言ってくれました。私の小説の中で彼が褒めてくれたのはこれくらいなものです。当時の私の家庭のアメリカ風な生活ぶりが芬々(ふんぷん)と匂う小説だったからかもしれません。

「黒い海水着」による小説開眼

話を少し前に戻します。

さっきから「自分・私」ということについてお話ししてきましたが、私が、私の小説の中で「自分」というものにはじめて気がついたのは、つまり、小島さんの言う「小説」なるものに開眼したのは、「黒い海水着」を書いたときです。先ほどもちょっと言いましたが、はじめて活字になった小説で、昭和四十一年（一九六六）暮れに発行された『二十世紀文学』第五号に載りました。原稿用紙約五十枚を小島さんに研究室で読んでもらい、日が暮れて顔が見えなくなるまでいろいろ言われたとお話ししましたが、そのとき、何と言われたかと言うと、細かいことは忘れましたが、肝心な点は、「この小説の中で重要なところは、浜辺のデッキチェアに坐った主人公が、おずおずと海に入ろうとしている黒い海水着姿の妻の背中をじっと見ているところだ」、ということでした。「それ以外にはない。この五十枚の小説の中で、小説になるのは、そこしかない。後は全部単なるお話、どこにでもある状況描写だ」、とまで言われたのです。そうして、その「黒い海水着の背中」を中心に、もう一遍考えて、書き直すのがいい、と言われました。

私はそのときも、妻のことなど問題にせず、淡路島の両親の古い家に私を訪ねてきた、若いアメリカ人の夫婦のことを中心に書いたのです。その二人を取り巻いて、右往左往する両親や妻、それと、アメリカから帰って間もない私のアメリカへの思いを書いたのですが、比重は完全にアメリカ側にありました。

小島さんに言われたその日、私は家に帰ってからもずっと考え続け、わからないまま寝たのですが、翌朝、窓から東京郊外の田園景色を眺めながら、はっと、気がついたのです。その「黒い海水着の背中」を見ていた私の気持ちには、自由で開放的だったアメリカの生活への断ち切れない思い、現在の閉鎖的で不自由な日本の生活への嫌悪、同時に、結婚して間もない妻への憐れみの気持ち、などが入り交じっていたのです。そうか、そういうことを中心に書けばいいんだな、と、私はまるで、壁になんとか穴をこじ開けて、外の景色をはじめて眺めたように感動いたしました。

そうして、その日のうちに書き上げたのが、あの十八枚の小説です。五十枚が三分の一になりました。小島さんに持っていって見せると、

「まあ、ちょっとわかりにくいところもあるが、これでいいだろう」

とはじめてオーケーが出ました。

小説の象徴を見つける難しさ

私にとっては、それが小説開眼、作家誕生のはずでしたが、そうはゆきませんでした。というのは、「黒い海水着」は小説にとってはお誂(あつら)え向きのシンボル、象徴です。作家の中の相反する複雑な感情がその一点に籠もっているシンボルなどは、そう簡単に見つかるものではありません。私が今すぐ思い浮かべることのできる文学作品のシンボルと言えば、芥川龍之介の「トロッコ」、太宰治の「トカトントン」(これは音です)、宮本輝の小説「螢川」の中の「螢」、などで、探せばもっとあると思いますが、シンボルそのものが小説になっているという例は意外に少ない。

シンボルがなければ小説は書けないかというと、そんなことはなくて、小説家は、詩人もそうでしょうが、自分の感情の籠もったモノや出来事を見つけて、それを中心に書いていきます。たとえば、ウィリアム・フォークナーは、木に登って塀越しに隣の家を覗き込んでいた女の子の、パンツを穿いたお尻を眺めながら、大作の『響きと怒り』を構想したと言われています。

ですから、自分の気持ちを表すような象徴、または象徴的な事件、を見つけることが、小説家の第一歩であるはずなのですが、それはそう簡単にその辺に転がっているわけではありません。見つけようとする努力もまた必要なのですが、見つけるのは、ほとんど「天啓」ともいうようなものです。そういうわけで、もともと自分自身のことなどに興味のなかった私は、またしても他人のこと、特に外国人に目が向いてしまいます。

次に書いた小説は「立て、坐れ、めしを食え、寝ろ」です。昭和三十五年（一九六〇）頃のフランスでの生活を、フランス人との付き合いを中心に書いたものです。

何のために書いていたか（小島さんのために）

これも小島さんとの縁によってできた小説と言ってもいいと思います。だいたい、芥川賞をもらうまでの小説は、全部小島さんとの縁でできたものです。前にもお話ししたことがありましたが、私が小島さんの家に下宿していて、その二階で書いていたときに、訪ねてきた雑誌の編集者が、私が何のために書いているのか、質問したところ、小島さんは即座に、「ぼくのために書いているんだ」と答えたということですが、まったくその通りで、何かの賞を取るために書いたことなど一度もなく、それは、後でお話ししますが、芥川賞の場合もそうでした。

この「立て、坐れ、めしを食え、寝ろ」は、はじめて商業雑誌に載った作品です。雑誌は『群像』で、編集者は徳島高義さん。後に講談社の理事になった人で、当時は小島さん担当でもありました。

評論が出発点（大庭みな子「三匹の蟹」についてなど）

私はその少し前から、二十世紀文学会発行の雑誌『二十世紀文学』に文学論やエッセイを書いていて、大庭みな子さんが芥川賞を受賞した「三匹の蟹」について書いた「流木の夢――大庭みな子をめぐるリアリティ論」を、小島さんが徳島さんに読むように薦めてくれ、それを読んだ徳島さんが私に『群像』にも何か書いてくださいと言われ、評論の「変貌の中の声」（昭和四十四年［一九六九］十月号）を発表したのが、『群像』とのお付き合いのはじまりでした。

小島さんは、商業雑誌の中では特に『群像』を買っていて、私に『群像』に書くように薦めてくださったのもそのせいです。

この最初の評論「変貌の中の声」は、やはり、大庭みな子さんの「三匹の蟹」を中心に論じたものですが、評論家の平野謙さんが読んで、「これでよくわかりましたよ」と小島さんに話したそうです。平野謙さんは大庭みな子さんの受賞には反対の立場だったようで、こんなバターくさいものがどうして賞になるんだと思っていたようです。私はこのバターくさいところに感心したので、バタークさいからこそ賞をもらったんですね。蛇足ながら、『二十世紀文学』に乗せた「三匹の蟹」をめぐる評論については、大庭みな子さん自身から、大変懇切な礼状をいただきました。

「評論を書く人は小説も書く」

さて、この評論が出た後で、編集者の徳島さんが、私にこう言ったのです。

「三浦さん、この頃、評論を書く人は、小説も書くんですよ。一遍、小説を書いてみたらどうですか」

これは恐らく、小島さんにけしかけられたんでしょうね。私は、「最近評論を書く人」が、本当に小説を書くかどうかを確かめもせず、それに乗ってしまいました。私は評論を書くつもりでいたんです。評論の方は、多少の語句の訂正はあったものの、特に直されもせず、そのまま雑誌に出してもらえました。それに私は、アメリカの大学で文学評論のクラスをとって、非常に興味を持ち、当時流行のニュークリティシズムを中心に勉強し、日本に帰ってからも、小林秀雄、中村光夫、江藤淳などを読んで、私小説の伝統についても研究していました。小説よりは評論の方が書きやすかったことは事実です

もちろん、小島さんにも相談しました。彼が言うには、

「評論は雑誌に載っても、ほとんど反応はない。誰も、何とも言わない。ところが小説だと、新聞や雑誌などでいろいろなことを言われる。手応えがあっていい。小説を書くといいよ」

と、当然のように言われました。

「立て、坐れ、めしを食え、寝ろ」（商業誌に載った最初の小説）

そこで書いたのが「立て、坐れ、めしを食え、寝ろ」です。このおかしな題名は、主人公の友人であるフランス人の詩人が、女を扱うときの言い方として教えてくれたものです。フランスの女は、アメリカの女のように甘やかしてはダメだ、「『立て、坐れ、めしを食え、寝ろ』で十分だ。ときに

は、車から放り出すのもいいことだ」と言います。アメリカから出てきたばかりの主人公は、そんなフランスが好きになり、フランス人の女と付き合ったり、いろいろな体験を通じて、それまでのアメリカ一辺倒の思いとの間を揺れ動く、という小説です。

これも、一遍では通りませんでした。「半分まではいいが、後の半分をなんとかしてください」と徳島さんに言われ、最後に、「無形の絵（L'art inmaterielle）」と名づけた絵を売ると称して、売りつけた金粉をセーヌ川に振りまくインチキくさい画家を登場させて終わりにするということで、やっと格好をつけたわけです。

当時、こういう小説は珍しかったとみえて、磯田光一さんをはじめ、いろいろな意見が出ましたが、大体において、主人公があっちこっちとふらふらするだけで、内容がないと、きびしい意見が多かったです。小島さんの感想は、「シャンソンみたいな小説だ」というもので、「反対意見だろうが、何だろうが、反応があればいい。無視されるのが一番困る」と言って、むしろ喜んでいました。「毎日」だったか、「東京」だったか忘れましたが、新聞の文芸時評に、大文字で、「三浦清宏がやった」と、積極的に取り上げてくれたのを読んだ覚えがあり、こんなことを言う人もいるんだと、むしろ驚いたほどでした。

「ポエトリ・アメリカ」

その後も、「年に一篇ぐらいは書いてください」と言われて、翌年『群像』三月号に「ポエトリ・アメリカ」を出しましたが、これも外国人が主人公で、私の大学時代のルームメイトだったジム・ヒックスのことを書いたものです。浜本武雄先生が、私の勧めで、カリフォルニアのジムの家を訪ねたときの感想をもとにしたもので、どうしてこんな山の上に家を建て、不便を忍んで暮らしているのか、という疑問に対して、「彼は詩を書いているんですよ」と答えるのが小説のオチです。ジム流に言えば、詩人というのは人生の理想を実現するために活動する人間のことで、極めてアメリカ的な理想主義を述べた作品のつもりでしたが、相変わらず「自分」不在で、反響は全然ありませんでした。

森敦さんに紹介される

その後も「年に一篇」どころか、「年に一篇も」書けなくなり、いたずらに年月が過ぎていきました。小島さんも、さすがに心配し、自分ではどうにもならないと思ったらしく、昔から小説について相談に行っていた森敦さんに私を紹介してくれました。小島さんにとっては、今まで誰にも見せたことのない秘密の扉を開けて、中に入れてくれたような、特別なことだったと思います。

この森さんという人は、何か小説を読むと、一言で、あっと言うようなことを言うのが得意な方で、小島さんがまだ芥川賞をもらう前から作品を見てもらい、『抱擁家族』を書いたときも原稿を読んでもらって、彼の意見に従って書き直したという事情があります。そのときも、「あっと言うようなこと」を言ったらしい。正確には覚えていませんが、小説の狙いがずれている、というようなことだったようです。

森敦さんは、昭和四十九年（一九七四）、七十二歳の年に「月山」で芥川賞をもらい、芥川賞の歴史の中で最年長受賞者だと言われましたが、じつは、彼は大変早熟な人間で、二十代のはじめに菊池寛の眼にとまり、横光利一に師事、その推薦で二十二歳のときにすでに『酩酊舟』という長篇小説を、東京と大阪の新聞に連載して、文壇デビューを果たしているのです。一時は天才青年だともて囃されたのですが、どういうわけかその後鳴かず飛ばずとなり、私がお会いしたときには、印刷屋の番頭のような仕事をしていて、往来に面したガラス戸をガラリと開けると、土間の粗末な机に向かって、頭に頭巾のようなものを被り、腰に手ぬぐいを下げて、仕事着姿で坐っていました。

そうして、私の顔を見るや、

「そんな綺麗な眼をして文学ができるのか」

と言ったのです。まさに「あっと言うような」一言でした。

もっともこの言葉は、オスカー・ワイルドがはじめてリルケに会ったときの言葉だそうですが、私が小説家向きではないことを一瞬にして見抜いていますね。

そうして私が持参した三十枚ほどの小説に目を通してくれましたが、本当は読みたくはないんだが、小島さんに頼まれたから、今回だけは読む、というような前置きがついていました。

そのとき私が持っていった小説は、またしても外国人のことで、明治大学に就職したいと言ってきたアメリカ人の青年を、井上先生と私の二人が、三鷹の井上先生のお宅で面接したときのことを書いたものです。つい一昔前と違って、アメリカ人が日本の大学に勤めたいと言ってくるようになったこと、その若者に、お寿司やお酒を出してしなくてもいい歓待をしたことなどを、貧乏留学生だった自分のアメリカ体験と較べて書いたものです。

「他人が書けていない」

と森さんは言いました。「他者」と言ったかもしれません。

私は、常々小島さんから「自分を書け」と言われていることを話すと、

「自分など書かなくていいです。他人を書きなさい。今までに自分のことを書いて成功した小説などありますか」

と、有無を言わせぬ調子で言う。

「小島さんは小島さんで、自分の立場からモノを言っている。彼は『自分』や家族の問題を中心に書く作家です」

「他者をもって自己を演繹する。それが小説というものです。あなたの小説は、他者が書けていないから、自分のことも書けてない」

その実例として、彼は、小説の中で、アメリカの青年が、井上さんの家に来るための目印の川を探して、道に迷ったことを挙げ、

「『リヴァー』だというので、ミシシッピー河のようなものを探したらしい、と言って、日本人が笑うが、それは反対です。アメリカ人の立場から言えば、アメリカではDitchかStreamでしかないものを、日本人がRiverと言う方がおかしい。自分ではなく、まず、他者の論理を優先しなければならない。それが小説の論理というものです」

数学を愛し、論理を追求した森さんは、恐らく、文学に対しても論理的に納得しなければすまないその性格のために、長い間文壇から離れていたのでしょう、

「書くということは、頭の中で暗算したものを、紙の上で検算するものです」などと数学の言葉を使って、一足す一は二、という風に、反論の余地なく説明してくれたのです。私は、まるで数学の問題が一気に解けたような爽快感を感じ、頭の中に青空が拡がった気がしましたが、家に帰って、また、原稿用紙に向かい、書きはじめると、その「青空」が「曇り空」になり、「雨模様」に変わり、またもや同じ泥濘の道を歩みはじめるのです。

森さんに会ったことを小島さんに報告したかどうかの記憶は定かではないのですが、小島さんが、半分納得し、半分困った顔をしたのを覚えているので、多分話したのだと思います。特にコメントはありませんでした。

「しばらく様子を見てみようか」とでも思われたのでしょう。

森さんも小島さんも、結局は同じこと

森さんにお会いしたことが全然役に立たなかったというわけではありません。

言われたことの中で、「他者の論理を立てる」「他者によって自己を演繹する」という言葉は、ずっと私の頭に残り、小説を書くときにはいつも意識するようになりました。それまでは主人公の周りの人物たちを主人公の都合のいいようには描かないように心がけてはいましたが、こういう風に言われてみると、作品の構造までがはっきり見えてくるのです。

ただし、小島さんにしても、「他人を書いたって、それは全部自分に跳ね返ってくる。そう思って書かなければダメだ」とは、いつも言っておられたことです。結局は「自分」が問題になるのであって、「自分」を抜きにした「他人」というのはあり得ないのです。ですから、森さんの言ったことも、小島さんの言っていることも、結局は同じことを言っているに過ぎない。小説の最後の目標は「自分」です。「他人・他者」は「自分」を演出するための、いわば道具ですね。

なんだか文学論風になってきて申し訳ありませんが、要するに、当時の私が、森さんのところに行っても、結局は「元の黙阿弥」だったということは、そういうところにあったと思います。やっぱり「自分」がわかっていない。「自分」の描き方がわかっていない。

芥川賞受賞後の森さん

ちょっと余談になりますが、それっきり私は森さんを訪ねたことがありませんでしたが、それから二十年近く経って、私が芥川賞をもらうと、間もなく森さんがお祝いの電話をかけてきました。そうして、縁起がいいからあなたの福を分けてくれと、側にいた養女の富子さんを呼んで、私と話をさせたのです。その後で再び電話に出て、そのうち月山でやる会にも来てくださいと言って、電話を切りました。

小島さんにその話をすると、

「行かなくていい」

と言われました。

「じつはぼくも困っているんだ」

と。

月山祭

森さんは、芥川賞受賞作の「月山」の舞台となった注連寺の境内で毎年「月山祭」を開催していましたが、小島さんもそれに引っ張り出され、話をさせられるので、そういう風に人前に出たり、人のお先棒を担ぐようなことの嫌いだった小島さんは、困っていたというわけです。それに森さんは小島さんを自分の身内か、郎党か、悪く言えば弟子のように、皆の前でも接していたようで、おそらく、その方が小島さんにとっては嫌ではなかったかという気がします。

小島さんの慎重さ

小島さんが、必要以上に人前に出ること、人との関係を誇示することを嫌っていたのは、驚くほどで、かつて私が、ある新進作家と話し合ったときに、定期的に小島さんと会う会を作ろうではないかという話になり、私が仲介役となって小島さんにその旨伝えたところ、一言の下に断られたことがあります。理由は、そんなことをすれば、他の作家たちに、小島は自分の勢力拡張を狙っていると思われる、というものです。私は、漱石をはじめ、何人かの著名な作家たちが、「木曜会」とか「何曜会」とか名づけて、定期的に会合を開いていた例もあるではないかと思ったのですが、断られて、ちょっと歯がゆい気がしました。

そう思っていた人は他にもいて、ある日、新しく『群像』の編集長となったOさんと会って話をしていた際に、彼が、小島さんについてどう思うかと私に訊いたことがありました。私が答えを躊

躇していると、誰にも言わないから率直な意見を言ってくれ、と言うので、

「臆病ですね」

と一言言うと、

「その通り」

と彼が、まさに我が意を得たとばかりに賛成したことがありました。

彼も何かの企画を小島さんに持ちかけて、断られ、歯がゆい思いをしたことが、何度かあったのでしょう。

森さんの積極性とやり過ぎ

その点、森さんは、まったく正反対と言っていい人で、テレビにでも何にでも出ましたし、「月山祭」のようなお祭りごとも盛大にやるのが好きな人でした。

そうして、ついでだから言いますと、さっきちょっと言いかけた、自分の方が小島さんよりも先輩だという意識ですが、ある意味では無理もないところもあります。小島さんより三歳ほど年長ですし、文壇デビューから言ってもはるかに早い。横光利一に可愛がられ、太宰治や檀一雄、中原中也などとも交友がありました。それに何より、小島さんの原稿を早いうちから見ていて、いろいろアドバイスをしている。彼が「月山」によって再び世に出たときには、小島さんはもう『別れる理由』を出して、押しも押されもせぬ文壇の第一人者になっていましたが、森さんは、実力から言えばおれの方が上だ、ぐらいには考えていたでしょう。実際、私がお会いしたときに、「芥川賞ぐら

いの作品なら、いつだって書くことができる」と言われたのを覚えています。

まあ、そこまでならいいんですが、小島さんの『抱擁家族』について、あの半分は自分が書いたようなものだ、とか、「抱擁家族」というタイトルは自分がつけてあげたのだ、とかいうことになると、ちょっと待ってください、ということになります。じつはこのことは、私の長年の友人で、小島さんとは私よりも前に知り合い、それ以来ずっと親しく付き合っていたSさんが私に言い、また、活字にして公表してもいます。非常に憤慨した口調で、「森さんが亡くなった後も、遺族の方が、そう言って回っている、それが定説となっては困るので、なんとかしなければ」、と言っていました。

確かに、前にも言ったように、『抱擁家族』の初稿は、森さんの意見で書き直されましたが、意見を言うということと、それに従って書くということは、また別問題です。タイトルについても、Sさんの意見では、「抱擁」というアイロニーのある題を自分以外の者がつけるわけがない、と小島さんは言っていたということです。私自身も、小島さんから、最初のタイトルを編集者と相談して変えた、というような話を聞いたことがあります。森さんが何か言った、というようなことは聞いていません。

文学者仲間では「森敦」は「モリトン」と呼ばれることもあり、一風変わった人物として棚の上に祀っておくような存在でしたね。私はある編集者が皮肉を込めて、

「あの人は何屋さんでしょうかね」

と言うのを聞いたことがあります。

森さんについてはこのぐらいにしておきましょう。

「赤い帆」

次に書いた小説は一九七四年の「赤い帆」でしたが、どういうわけか芥川賞候補に選ばれました。内容が外国人ではなかったからかもしれません。息子と父親（私）のことを書いたのです。五歳ほどになった息子を見て、昔、自分が五歳ぐらいの頃、毎晩父親が自分を寝かしつけるために童話の本を読んでくれたのが、私が文学に親しむはじまりだったことを思い出し、自分も息子のためにそうしてやったところ、息子はじっとして聴いていずに、童話の中の人物を真似て跳んだり跳ねたりした、ということや、昔、父親が読んでくれた童話の中に、北欧のどこかの国の、航海に行ったっきり帰ってこない赤い帆の船の話があり、他の話はすべて忘れたのに、その話だけが頭に残っている。その船は、仲間たちがいくら探しても見つからないまま、一年経って、帰る予定だった同じ日に、沖の彼方に赤い帆を現すのです。ところが一向に近寄ってこない。仲間たちが船に乗って探しに行くが、どうしても近づくことができない。やがて日が暮れて見えなくなってしまう、そうして、毎年その日になると、沖に赤い帆が現れるという話です。それを読んでくれた父親は、「赤い夕陽」の満州生まれで、事業に失敗し、細々と商売をやっていたが、妻（「私」にとっては母親）との仲が悪かった、というようなことです。

そういう人生の不幸が「赤い帆」で象徴され、それが、息子の陽気な現実の姿と対比されるのですが、それがどうだ、ということまでは書いてない。暗示的ではあるが、それだけのことで、もの足りない。まあ、今読めば、そうです。

それが雑誌に掲載されて、しばらくして、芥川賞の候補にしますが、いいですか、という電話がかかってきましたが、それっきりで、私は、いつ選考会があったのかも知らず、だいぶ経ってから、何とも言ってこなかったからダメだったんだな、と思っただけです。小島さんも一言も言わなかったし、周りからも何の声も挙がりませんでした。選考会でも、誰も話題にしなかったらしいです。

とは言うものの、これが実績になったのか、翌一九七五年『群像』(九月号)に「アメリカン・ブラザー」を、また、小島さんの口利きで、古山高麗雄さん編集の『季刊芸術』(秋号)に「トンボ眼鏡」を載せてもらいました。「トンボ眼鏡」についてはさきほどお話ししましたが、「アメリカン・ブラザー」は、また外国人、それまでにもう何回書いたかわからない私の大学時代のルームメイト、ジム・ヒックスについての話です。

ところが、それを書いた翌年、ジム・ヒックスが急逝するのです。

ジム・ヒックスの急逝

彼はカリフォルニアの山の上に自分で家を建てて、家族と一緒に住んでいましたが、原因不明の病に倒れ、内臓から出血して止まらなくなり、四十五歳の若さで亡くなりました。医者は「ワイルス氏病」という病名をつけたそうですが、その病気は野生のネズミなどが、野菜に尿をかけたりすることによって媒介されるそうで、西部開拓時代にはよくあったことらしいが、現代ではほとんど起こらなくなっていて、従って、それに対するワクチンも薬もない、という話でした。旧約聖書の人物たちに憧れて原始的な生活を送ったことが、仇になったわけです。

スウェーデンボルグを読んで、霊界に興味を持つ

それから間もなく、私はスウェーデンボルグの『天界と地獄』という本を読み、霊界に非常に興味を持つようになりました。ジム・ヒックスの死が原因というわけではないと思いますが、何か因縁を感じますね。

スウェーデンボルグという人は、皆さんもご存知だろうと思いますが、十八世紀にスウェーデンで生まれた、土木工学を中心とした天才的な科学者ですが、同時にたいへんな霊能の所有者で、六十歳を過ぎた頃、ロンドン滞在中にキリストの導きを受けて霊界を探訪するようになったと言われています。『天界と地獄』は、その霊界探訪記です。私は鈴木大拙の訳で読みましたが、霊界の模様が科学者の眼を通して如実に描かれており、今まで漠然としか考えていなかった霊界が、急に身近に感じられたのです。

ロンドンでの体験

そこで私は、勤めていた明治大学の「在外研究」という、給料つきの海外研究制度を利用しまして、一年間、スウェーデンボルグが霊界探訪をしたというロンドンに行き、本当に霊界があるのかどうか、確かめようとしました。その詳細については、帰国後、南雲堂から発行した『イギリスの霧の中へ』という本に書いてありますので、関心のある方はお読みいただければと思いますが、ロン

ドンではＳＰＲ（心霊研究学会）とＳＡＧＢ（大英スピリチュアリスト協会）という百年以上も続いている研究・情報機関に通ったり、交霊会や霊能公開実験会などで、霊と名乗る人物に触れたり、その話を聞いたり、不思議な霊能を見せてもらったり、いろいろ珍しい体験をしましたが、結局のところ、霊界があるか、ないかは、いまだに論争中で、未解決だということを知るのが、精一杯のところでした。

そんなことははじめからわかっているじゃないかと、皆さんは思われるでしょうが、現場に行って実際に知るのと、そうでないのとは、また、違ったものです。少なくとも、私は、世の中は、「自分」というものを探す以上に、広いものだ、人生の目標はこの世ばかりでなく、その先までも含めて考える必要がある、というようなことを感じながら帰ってきました。

小島さんに叱られる

そうして、しばらく小説を書かずにいると、小島さんから、

「最近、なまけているようだな。小説、書きなさいよ」

と声をかけられます。

それに対して、私は、小説が小島さんの言うように最高だとは思わない。他にも大事なことがあるのではないか、と反論し、

「小説はもう書きません。心霊研究は続けますが」

と断言して、小島さんに叱られます。

このいきさつは、『小島信夫をめぐる文学の現在』（昭和六十年［一九八五］、福武書店刊）に載せた「『自分』を書け」（本書に再録）に書いてありますので、そちらに譲ることにしますが、

「この世にあるつまらぬことを書くのが小説というものだよ。いきなりあの世だとか天上だとかに眼を向けたって、ダメなんだ」

と、あくまでも小島さんらしい、地面に足をしっかりつけた小説家ならではの言葉で諭されました。

十年間のスランプ

ですが、それからほぼ十年間という長い間、私は文芸雑誌に一篇の小説も発表しませんでした。心霊研究関係の仕事もあり、十年ほど前から続けていた坐禅が嵩じて、得度したり、息子が寺に入って僧となったりして、家庭的にも忙しい時期でしたが、書く意欲を失っていたというのが本当のところです。それでも『文学空間』に四篇ほどの短篇を書きましたが、どれもスケッチ風のもので、心霊の世界をテーマにしたものもあり、一種の試作品と言ったらいいと思います。

第五章　出来の悪い弟子（2）――小島文学の最盛期と私の芥川賞受賞

もう書くことがなくなった

私が心霊研究をはじめ、最初の単行本『イギリスの霧の中へ』を出版し、小説断筆宣言をして小島さんに叱られた頃、小島さんの方の文学事情はどうなっていたかと言いますと、『別れる理由』の連載がだいたい終わりに近づいてきていて、昭和五十六年（一九八一）三月に完結、それとほとんど時を同じくして、『寓話』と『菅野満子の手紙』の二つの長篇の連載がはじまります。『寓話』は前年の一月から、『菅野満子』は『別れる理由』の連載が終わった翌々月の六月からです。

その創作力の旺盛さには驚きますね。晩年の二大作品が同時進行ですからね。おそらく小島さんの生涯で文学的に最も充実した日々だったのではないでしょうか。と同時に、最も困難で、チャレンジングな年月だったかもしれません。ある意味では、壁にぶつかっていたとも言えるでしょう。

その頃、私はよく小島さんが、

「もう、書くことがなくなったよ」

と、冗談交じりで言うのを聞いたことがあります。

「君は書くことがいっぱいあっていいなあ」

と、これは私が小説を書かないことへの皮肉ですが、「書くことがなくて」困るというのは本当のことのようでした。


前の奥さんを亡くしてその困惑ぶりを書いた「返照」以来、ずっと家庭や女性問題を中心として書き続け、その集大成とも言える『別れる理由』を出してからは、もう書き尽くしたという気になるのは当然のことだったと思います。そうかといって、初期の作品の喜劇的、風刺的で、ゴーゴリやカフカ風な味わいのある作風に戻るということは、その後、日本文学の伝統を深く意識しながら、その継承者としての自覚を持ち、世間からもそう見られるようになった当時としては、とてもできないことだったと思います。

それでは、小島さん、どうしたかというと、昔の作品をもう一度見直して、現在の視点から書き直すということをしたのです。その作品というのは二つあり、一つは『女流』、もう一つは『墓碑銘』です。

『女流』

『女流』は、美術学校を出て絵描きとなるために修行していた小島さんの兄さんが、指導を受けていた先生の奥さんと恋仲になるという話で、小島さんは、その兄さんから援助を受け、いつも一緒に暮らしていて、まるで「夫婦のようだった」と自分で書いているくらいの仲だったので、その恋愛事件は、自分のことのように知っていたわけです。この『女流』という小説は、小島さんと同時代の作家の河野多恵子さんが、「日本では珍しい本格的な恋愛小説」と褒めたこともあり、また、小島さんの兄さんの恋愛の相手であった画家の奥さんというのが、第二次大戦後はじめて芥川賞をもらった由起しげ子さんで、彼女は、小島さんの『女流』が出た後で、自分もその恋愛事件についての小説『やさしい良人』を出しているという、因縁話みたいなものがあり、小島さんとしては、黙ってはいられないというところもあったのでしょう。これをテーマにして書いたのが『菅野満子の手紙』で、昭和五十六年（一九八一）の六月から昭和六十年（一九八五）の十月まで、四年ちょっとにわたって集英社の『すばる』に連載されました。

『墓碑銘』

もう一つの『墓碑銘』は、作中では、日本名「浜中富夫」、英語名「トーマス・アンダーソン」という、アメリカ人の父と日本人の母の間に生まれた混血児が、志願して日本兵となり、日本兵以上に活躍するという小説です。この人は決して架空の人物ではなく、終戦間際に、上等兵だった小島さんが通信兵として勤務した北京の情報部隊にいたときに、実際に一緒に仕事をした部下の二等兵だった人のことです。この『墓碑銘』では戦争の話が主ですが、新たに書かれた『寓話』では、小島上等兵と浜中二等兵とが一緒に取り組んだ暗号解読の仕事を発端として、暗号、即ち、謎解き、が中心のテーマとなり、人生の未知の世界の謎を解く、という壮大な意図さえも感じられる作品になっています。『寓話』は、『菅野満子の手紙』がはじまる前の年、昭和五十五年十一月に、最初は「年譜」というタイトルで『作品』という雑誌に掲載されましたが、雑誌が休刊となったため、翌年から『寓話』と題名を変えて、福武書店の雑誌『海燕』で続けられ、昭和六十年（一九八五）十月に終わっています。

両方の作品とも、それぞれ内容は違いますが、なんとか出口を見つけて作品を仕上げたいという、山登りに譬えれば、険峻をよじ登る道を見つけて山を越え、何とか麓の里に辿り着きたいという、痛ましいくらいの努力の跡がありありと見える作品になっています。

二十世紀文学会による座談会

この二つの作品については、また後で述べさせていただきますが、この頃、小島さんがどれほど新しい書き方を模索していたか、「書くものがない」という壁をどうやって乗り越えるかと努力していたかは、この二作を書きはじめた昭和五十五年から、書き終えた直後の六十一年の六年間に、自分から進んで二十世紀文学会のメンバーを集めて、五回も、毎年のように座談会を開き、現代小説について論じ合った、ということにも現れていると思います。それらはすべて二十世紀文学会の機関誌である『文学空間』に掲載されています。

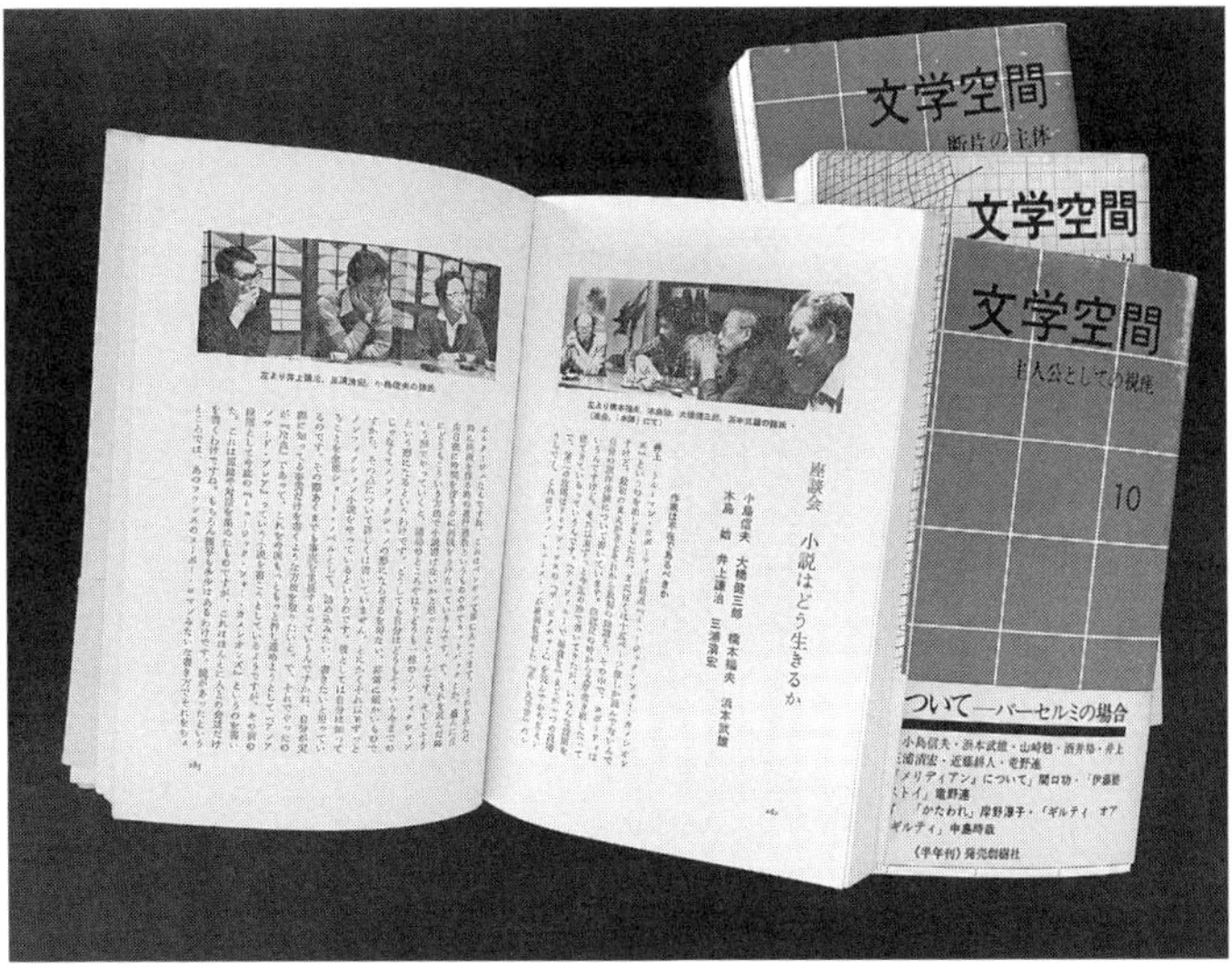

小島信夫を囲んだ座談会の模様。『文学空間』創刊4号（創樹社，1980年12月）より。

参加者の方々

座談会に集まった方々は、戦後、J・D・サリンジャーや黒人文学などをいち早く日本に紹介され、二十世紀文学会を創設された、アメリカ文学者で作家の橋本福夫さん、東京大学でアメリカ文学を教え、ウィリアム・フォークナーの研究で知られていた大橋健三郎さん、戦後を代表する詩人で法政大学教授だった木島始さん、その他は前回もお話しした明治大学の先生たちで、橋本先生と一緒にアメリカ黒人文学を研究していた浜本武雄さん、アメリカ文学、特にユダヤ系作家の翻訳を多く手がけられた井上謙治さん、それに私などで、以上は第一回のメンバーですが、二回目からは、アメリカ現代文学研究者の山崎勉さん、演劇や映像論などのユニークな研究家、近藤正毅さん、それに小島さんの助手のような役を果たした、明大演劇科出身で、晩年にはＮＨＫ学園の「自分史講座」の講師を務めた竜野連（本名・内海靖彦）さんなどが加わりました。その他にも数名の二十世紀文学会会員が参加しましたが、一回限りでしたのでお名前は省略させていただきます。

どうしてこんなに詳しく紹介させていただいたかというと、出席者は当時最も先端的な文学と言われたアメリカ現代文学を中心とした研究者たちの錚々たるメンバーで、小島さんの影響力がいかに大きかったかということが垣間見られますし、私たち後輩も、それを大いに利用させていただいたわけです。

「本格小説」対日本の小説

内容については、詳しいことは申し上げませんが、第一回は、さすがに外国文学研究者としての立場から、外国文学と日本文学との比較論にはじまって、物語を作るということの重要性から、人物の客観性、普遍性などが論じられ、それが「本格小説」という、まあ、ちょっと大時代風な言葉までが飛び出してきます。そして、それに較べると、我が国の小説、特に、私小説や心境小説などにおける登場人物たちが、作者や実際の人物たちとあまり変わらないという曖昧さや主観性が指摘されます。まあ、これはまことにごもっともな正論ですが、「私」というものをどういう風に扱ったらいいだろうかということを問題としたということで、座談会の主旨を踏まえたものになっています。

「私」の発見とアプローチの仕方

まさにそれこそが小島さんの狙いに叶っていたわけで、小島さんの発言はあくまでも書く立場からでした。たとえば、「私」というものが客観的にあるわけではなくて、捕まえに行かなければならないもの、発見しなければならないもので、どちらかというと、向こうから近づいてきてくれる方が望ましいものだ、ということを言っておられます。そうして、これが「私」だと思っても、絶えずそれと対話し、確認してゆかなければならない、そうでないとリアリティがなくなる。だから、「これがそうだ」という客観的な人間像を書こうとすると、嘘くさくなる、全体小説というのは、何となく嘘くさい、と言っています。

第二回以降は、だいたい皆さんも心得ていて、大上段からの論議はなくなり、小島さんを中心とした、自分が書く立場から、あるいはある作家の研究者としての立場からの発言が多くなります。

書くことの不安定さと「心張り棒」

それらを通して強く感じられるのは、今、書くことの不安定さ、ということです。小島さんは、終戦後書きはじめた頃は、自分は世界の中心にある、つまり、自分の書くことは確固とした土台の上にあり、従って、世間の人たちからも理解される、と思えるような時期があった。だが、今は、まったくそんな風には思えない。自分はどこか世間から外れたところにいて、自分のやっていることはほとんど理解されないんじゃないか、という気がする、と言っています。

そこで、何か確固たるものがほしい、「小説全体を繋げてゆく何か強力なもの」があるといいと言い、それを小島さんらしい言葉で「心張り棒のようなもの」、と言っていたのが印象的でした。他の人たちからは「個性」とか「世界観」とかいう言葉も出てきましたが、小島さんは、志賀直哉やヘミングウェイなどの例について、それらはその人だけのもの、その時代だけのものだと反論しながらも、そういうものがあることが望ましいことは否定しませんでした。

見えないものへの憧れ

どう書いたらいいか、ということの例として、見えないものへの憧れを書く、ということを橋本福夫さんが言い出しましたが、小島さんは、「それは弱い」、「確かな手応えがない」と、ばっさり切り捨てていました。橋本さんは未練があるようでしたが、この「見えないもの」という言葉は、『寓話』の中にも出てきますし、ある意味では『寓話』自体がそういう世界を扱っているのではないかという気もします。また、前回のお話の中で、小島さんが私の霊界への執着を叱って、「そんな、いきなり天上に眼を向けるのではなく、この世にあるつまらぬものと付き合うのが小説というものだ」と言われたこととも関係があると思いますので、一言申し添えておきます。

夢（「荘子の夢」その他）

その他、トルーマン・カポーティのドキュメンタリー風な小説とか、ドナルド・バーセルミのパロディー風な風刺的小説とか、現代作家の作品の例が出てきて、それぞれその特徴や、そうあるべき必然性、その欠点などが話し合われましたが、小島さんは、そういった西洋の小説は、辻褄が合って、きちんとしてはいるが、最後まで読むと、なんとなくつまらなくなる、自分は、もっと無秩序で渾然とした、たとえば荘子の「胡蝶の夢」のような、夢か現実かわからぬ世界のようなものが望ましい、現在、自分も、そんな風に書いてはいる、そうすると、すごく楽しくなる、と言っています。そう言えば、確かに、『寓話』や『菅野満子』、特に『寓話』の中には「夢」の話が多く出てきます。夢の持つ曖昧さや自由さだけではなく、暗示的、予言的な力が語られます。『寓話』の主題である「暗号」に、とてもふさわしい題材なのです。

「小説とは何か」を探る小説と、小島さんの思い

それはそれとして、こういう風にお話ししてくると小島さんが、いかに当時、今、小説を書くことの意義と、書き方について悩み続けてきたかということがよくおわかりになると思います。三度目の座談会の終わりの方で、『文学空間』の編集責任者だった近藤正毅さんが、小島さんの小説は、「一体小説はどうなるんだろう、どうなったらできるんだろうというところを、絶えず手探りしながらやっている手つきが、小説を作らせている」

と言い、それに対して小島さんは特に異議を唱えませんでしたが、

「僕もまた、今近藤さんの言ったような小説ではなくて、昔書いとったような小説が書けそうな気がしてきたようにちょっと思ったんですよ。いわゆる小説がどうのこうのということ、あんまり表面に出さないような小説をね」

と言い、

「ま、ぽつぽつ書くようになるんじゃないかとね」

と半分確信なさそうに、半分期待しているように言ったのに対して、周りの人たちが笑うと、

「うん、（そう）思ってるんだ。今の状態ばっかりでもないんでね」

と、自分でも笑いながら念を押していました。

その思いが晩年の『うるわしき日々』のような家族小説に繋がっていったのかどうかはわかりませんが、小島さんの気持ちが揺れていた、ということがよくわかるエピソードだと思います。

私も、あるとき、小島さんが、書くことがなくなったから昔の自作を書き直しているという話の後で、

「やっぱりダメだよ、三浦君。書いたときほどの力がない」

と慨嘆されたのを覚えています。

そうは言っても、秘かに期するところがあったのかどうかはわかりませんが、闇中摸索、「一寸先は闇」（これはご自分で書いた芝居のタイトルですが、まさにその通り）だったと思います。

その頃の私――『イギリスの霧の中へ』出版

さてそろそろ、私が芥川賞をもらった話に移ります。これもまた、小島さんがらみだということは前にもお話しした通りです。

その頃の私はといえば、四十七歳の年にスウェーデンボルグを読んで霊界に眼が開き、翌年には

ロンドンに行って一年間心霊研究に熱を上げます。日本に帰ってからは、その体験を綴って、日本心霊科学協会の機関誌『心霊研究』に一年ちょっとの間連載します。これは南雲堂の原信雄さんという編集者が私に勧めて書かせたもので、南雲堂は英語の教科書の出版社ですが、この心霊体験記を『イギリスの霧の中へ』というタイトルで出版します。これが、私が最初に出した本となり、小説ではなく、心霊体験記だということは、やはり象徴的とも言えることだったかもしれません。

草間彌生さんと馬の表紙絵

余談ですが、南雲堂の原さんという人は、普通なら英語の研究書か何か、語学関係のものを書かせるところですが、こういう心霊的なものに興味を持って、その後も、『幽霊にさわられて』というような、一風変わったタイトルの本を出してくれました。ちなみに、『イギリスの霧の中へ』の表紙絵は、草間彌生さんのコラージュの馬の絵ですが、これは、原さんと一緒に牛込の草間さんの住居へ行って、奥の部屋に仕舞ってあった絵の中からもらってきたものです。そのとき、原さんも何かもらっていました。草間さんは、私がニューヨークの旅行会社で働いていたときに知り合い、原さんと二人で訪ねて行ったときは、東京に帰ってきて間もない頃のことです。

参禅

心霊研究のかたわらも休まずに続けていたのが坐禅です。

川崎市の百合ヶ丘に住んでいた頃、新婚間もない家内と一緒に散歩に行って見つけた、当時は荒れ寺だった法雲寺という、曹洞宗のお寺の香渡機外(こうどきがい)和尚について参禅をはじめ、その後、世田谷区の千歳船橋のマンションに移ってからも、ほとんど欠かさず毎週日曜日になると出かけて行き、かれこれ七、八年は経っていました。

「自分を掴む」

ヘンな話ですが、坐禅に行きはじめたのも小島さんとの関係が背後にあるのです。つまり、小説がよくわからない、自分というものがわからない、ということと、いつものように言われる、「三浦君は変わっている」とか、「周りの人間とは関係なく生きている」とかいう言葉と一緒になって、自分には何かが欠けているようだ、自分とは何だろう、という疑問を感じるようになっていたからです。坐禅は「自分を知る」、禅の言葉で言えば「自己を掴む」のが目的ですから、まさにぴったりだったわけですが、じつは、小島さんなど小説家の言う「自分」と、禅が目的とする「自分」とは違うのです。簡単に言うと、禅の「自分」とは「空」です。禅の言葉では「自性無し」と言います。ですから、禅をやっても、小説が書けるようにはなりません。小説の世界とはまた別な世界の話です。

気が楽になる

こんなことを話しているときりがありませんので先へ進みますが、とにかく、性に合っていたとみえて、続きました。何がよかったかというと、簡単に言うと、気が楽になったからです。「こうあるべきだ」とか「皆がやっていることだから」という常識や固定観念から解放されて、ああ、これでいいんだ、と気が楽になる。坐禅修行を形から見ると規則ずくめで厳しそうですが、内容、と言いますか、公案などで教えられることは、すこぶる自由で闊達です。

香渡機外老師

私が師事した香渡機外という老師は、尼僧、尼さんですが、それこそ腹の据わった闊達そのものの人で、当時は荒れていてどこからでも入れた寺の境内に、バイクで乗り込んできた若者を、一喝して追い払うぐらいのことは日常茶飯事でした。岩手県遠野の、宮中に馬を納める御料牧場の経営者の長女でしたが、若いときに経文を読んで、経文には何か隠されたものがある、書いたものだけ読んでもダメだと、家を飛び出して日本全国のめぼしい寺院を回りはじめた。高野山や比叡山、京都などの著名な仏閣を回って、住職や高僧たちに訊いて歩いても納得した答が得られない。四国に行ったときには、土地の譜代地主の当主に気に入られて、ぜひ養子になっ

曹洞禅宗法雲寺（2018年10月撮影）。

てくれと言われて、養子縁組をし、由緒ある「香渡（こうど）」という名前をもらった。それが香渡機外というちょっと変わった名前の由来です。

そうして、北陸に行ったときに、小浜の発心寺という寺の原田祖元という住職から、

「おまえの言うのはもっともだ。経文を読んだだけではわからないことがある。それは人に聞いてもわかることではない。自分で摑むしかない」

と言われ、そこではじめて納得がいった。そこで、発心寺に留まって修行をしたということです。

長々とご紹介しましたが、この香渡機外老師は、私にとっては小島さん同様、大事な方なので、一言付け加えさせていただきました。

長男を連れて坐禅に行く

さて、私の坐禅の方ですが、はじめは一人でお寺に通っていましたが、そのうち、長男の玄太を連れて行くようになりました。

長男は六、七歳のいたずら盛りになっていて、他に三、四歳の長女もいて、育児のあまり得意でない私の家内の手に余るようになってきたものですから、家内は私に、たまには、出かけないで、子供の面倒を見てくれなければ困ると言うようになりました。

そこで私は、坐禅を休むのもやむなしと思い、香渡機外老師にそう言ったところ、それじゃ、子供を連れておいで、と言われました。

そこで、息子に訊いたところ、一緒に行く、と言うんです。

多分、お父さんはきっと日曜日には、面白いところに遊びに行っているんだろうと思ったのかもしれません。

「お父さんが坐禅をしている間は、一人で遊ぶんだよ」

と言っても、

「うん」

と頷くだけ。そのうち、飽きて、

「もう行かない」

と言い出すだろうと思っていましたが、どうして、どうして、日曜日になるとまるでピクニックにでも行くように、家内の作ってくれた弁当を持って、私の後をついてくるのです。

環状八号線と世田谷通りに近い私のマンションから千歳船橋の駅まで、十五分ほどかけて、田畑半分、住宅半分の道を歩き、小田急線に乗り、成城学園で急行に乗り換え、向ヶ丘遊園駅で再び各駅停車に乗り換える。このときにホームで立ち食いの蕎麦を食べます。朝早いのでこれが朝食で、息子はこれが楽しみだったようです。そこから二つ目の百合ヶ丘の駅で降りて、駅前の新興住宅街を通って丘を登り、沢地へと降りて行くと、細い道の先に法雲寺の山門があります。かれこれ一時間。息子は一言も喋らずについて来ます。

山門の中は、樹齢二百年の銀杏の木のある三千坪の境内です。

息子が遊び回るのに不足のない広さですが、ときには、退屈紛れに賽銭箱をひっくり返したり、仏像の一部を持ち出して、遊び道具にしたりしたこともあったようです。

坊さんになりたい

それが三、四年続いた頃、息子は、

「お坊さんになりたい」

と言い出します。

ここから先は、私の芥川賞受賞作『長男の出家』に書いてある通りです。家中が大騒ぎとなります。大騒ぎといっても、息子が小学校から中学、高校へと移る五、六年の間のことで、息子は、いったんそう決めると、結構思い切りが良く、また、師匠の香渡機外老師も、巌として、息子を僧にするということに変わりありませんでしたが、それに対して、私と家内と娘が、特に家内が、大いに揺れ動いて、私もそれに巻き込まれるという騒動でした。

細かいことは『長男の出家』に譲ることにしますが、当時の私はそういう状態にあったということを申し上げておきます。

「『自分』を書け」を『小島信夫をめぐる文学の現在』に載せる

それでは、この小説をどうして書くに至ったかということをお話しいたします。前に「小島さんがらみ」だったと言いましたが、小島さんが明治大学を退職された年、昭和六十年に、小島さんの古希と停年退職を記念して、大橋健三郎さん、河野多惠子さんなど、小島さんに近い寄稿者たちによる『小島信夫をめぐる文学の現在』という本が福武書店から出版されました。小島さんはこういう、表立って自分の名前を冠するような出版物は、乗り気ではなかったようですが、編集者の寺田博さんなどが熱心に勧めたこともあって、結局は折れたようです。そういうことは別として、私にも執筆依頼があり、「『自分』を書け」という一文を寄稿しました。内容は、前にもお話ししましたが、小島さんが私に「自分を書け」と口を酸っぱくして言っているにもかかわらず、私がなかなかそうできないので、困り果てて、森敦さんに頼んだりしても埒があかず、そのうち心霊研究をはじめて、小説を書かないなどと言い出し、小島さんに叱られるという話です。

この一文が結構評判が良く、編集者も気に入ったようで、それが小島さんの耳に入り、小島さんから編集者に、それでは福武書店の雑誌『海燕』に何か書いてもらったら、ということになったと、小島さんから私に話がありました。

中央大学多摩校舎の図書館で書く

そこで私も心が動き、ちょうど学校が夏休みに入ったところだったので、その頃、非常勤講師として教えに行っていた中央大学の多摩校舎の図書館に、毎日、朝、出かけて行き、夕方帰る、という風にして、一夏かかって百五十枚ほどの小説『長男の出家』を書き上げたのです。

その頃、私は多摩市鹿島のある小高い丘の上の、公団が建てた総合住宅に住んでいたので、車で三十分ほどあれば中央大学に行くことができました。十時頃から書きはじめ、昼頃いったん仕事を切り上げ、外気を吸いに外に出ると、たちまち夏の陽射しと熱風に包まれ、ああ、外は夏だったんだと、眼をしばたたきながら周りを眺める、そのなんとも言えない、一言で言えば、生きているという感じは、今も忘れられません。

どうして息子が出家した話を書いたかと言えば、それが当時、一番気になっていたことでした。自分が一番気になることを書け、というのは小説を書く鉄則のようなものですが、それがあまりに身近なことだと、全体を把握し切れないという恐れもあります。確かに、少々強引に書いた感もなきにしもあらずですが、当時の私にとっては、それしか書くことがなかった、ということも確かです。

原稿を返してください

書き終わった原稿を千代田区九段にある福武書店の本社へ持参しました。受け取ってくれたのは編集長の寺田博さんだったと思いますが、記憶が定かではありません。

ところが、それからいくら待っても、何の音沙汰もありません。一ヶ月、二ヶ月と経って、年が変わり、とうとう半年を過ぎました。

そこで私は、忙しいので読んでくれないのかもしれないが、こんなに放っておくということは、たいした作品だとは思わないのかもしれない。ちょうどいい機会だから、いっぺん返してもらって、見直してみようと思い、寺田博さんに電話しました。

「一度、返してください」

と言うと、寺田さんは、

「ちょっと待ってください。読んでみますから」

と言い、

「読んだら、電話します」

と切りました。

小島さんにその話をすると、

「白刃をちらつかせたね」

と言われましたが、そんなつもりではなかったです。

九段の福武書店本社に呼ばれる

一週間も経たないうちに寺田さんから電話があり、

「雑誌に載せることにしました。内容について言いたいこともありますから、本社に来てくれませんか」

やれやれ、やっと載せてもらえるか、と思い、九段に出かけて行きました。『群像』の場合も事前に打ち合わせはしましたが、本社まで行くことはありませんでした。今度は相手が編集長だったからでしょう。

寺田さんの意見は予想以上に好意的で、くどいところもあるが、だいたいこれでいいでしょう。気になるところとしては、坊さんになろうと決意した息子が、小説の終わりの方で、境内の落ち葉を箒（ほうき）で掃きながら父親を見送る場面があるが、そこをもう少しはっきり決意が表れるようにしたらどうですか、というようなことを言い、

「そのままでいいと思うなら、そのままでもいいですよ」

と、こちらが恐縮するぐらい丁寧でした。そうして、

「次の作品を書いてください」

と依頼されました。


「賞を狙う」


寺田さんは玄関まで見送りに来て、別れるときに、こんなことを言いました。

「賞を狙いますよ」

「ハア」

という感じで、私は歩き出し、地下鉄に乗りましたが、ドアの取っ手を握って、ガラス戸の先の暗闇を眺めながら、「賞」とは何の賞だろうと考えました。

頭に浮かんだのは、「すばる文学賞」とか「群像新人賞」というようなものですが、それはみんな他所(よそ)の雑誌の賞だ。「『海燕』文学賞」というのは聞いたことがない。などと考えているうちに、「芥川賞」という名前が浮かんできました。これかもしれない、と思い、多分これに違いない、とどうやら見当がついたわけです。


「三浦を頼みます」

「長男の出家」は間もなく『海燕』九月号に載り、あちこちの新聞の書評や、『群像』の合評会な

どにも取り上げられ、やがて、芥川賞候補になります。

選考会が近づいた頃、寺田さんに会うと、彼はニコニコしながら、こう言いました。

「『三浦を頼みます』と選考委員に言っておきましたよ」

頼んだ相手は、選考委員長の黒井千次さんだったようです。また、選考委員の中には、自身が禅寺出身の水上勉さんがいて、彼の意見が相当重きをなすのではないかと心配していたようでしたが、幸い、好意的に読んでくれたようです。ちなみに、十名の選考委員のうち、九名までが賛成票を入れてくれましたが、一人だけ入れてくれなかった人がいます。吉行淳之介さんで、「読んでいるうちに何を言っているのかわからなくなる、小説になっていない」という理由でした。私も、今はまったくその通りだと思います。ただし、小島さん流に言えば、小説というのは幅の広いものだ、ということでしょうか。これについては、また後で述べるつもりです。

芥川賞発表の当日

さて、いよいよ芥川賞発表の当日になりました。

その日は午後に、私の担当になった『海燕』の佐藤聖さんと新宿で会い、校正した次の原稿「地下室のアメリカ」を渡しましたが、話が終わって私が帰ろうとすると、佐藤さんがもじもじしているので、

「何かまだ……」

と私も立ち止まって、怪訝な顔を向けると、

「じつは、上から……」

一緒に喫茶店にでも行って発表を待つようにと、言われたとのこと。

編集者と一緒に自宅で電話を待つ

なるほど、受賞を待つ人は、編集者や支援者と一緒に待つことが多いんだと、私も改めて気づきましたが、発表までまだ何時間もあるので、それなら一緒に私の家に来て、そこで待ちませんかと言い、二人で多摩センターの丘の上の我が家に帰りました。不意の客にびっくりした顔の家内に、寿司を取るように言って、寿司を食べ、雑談をしたり、テレビを見たりしながら、電話のかかってくるのを待ちました。テレビでは、確かNHKのディレクターだったと思いますが、賞の候補になった人がいて、大勢の関係者たちが彼を取り巻いて待っている様子が映っていました。全然知りませんでしたが、かなり話題になっていたようで、改めて、世間の注目度の違いを感じました。

九時過ぎると、電話が鳴りました。それっと、電話を取ると、浜本先生でした。井上先生と一緒に発表を待っているということで、ありがたいとは思いましたが、一気に気が抜けた感じになりましたね。

次にかかってきたのが、日本文学振興会からで、「日本文学振興会」という名前が何であったか、咄嗟に思い出せず、「お受けになりますか」という言葉だけが聞こえたので、

「当選したんですか」

と訊き返すと、

「はい。当選しました」

と、やっとわかったわけです。

そうして、これから記者会見をしますので、今すぐ来ていただけませんか、と言われました。場所を訊くと、丸の内の東京會舘だと言う。ここから電車を乗り継いで、どんなに早くても一時間半はかかりますよ、と答えると、それでも構いません。お待ちしています、とのこと。「お待ちしてます」はいいけれど、記者会見が終わって帰れなくなったらどうするんだと、ちらと頭をよぎりましたが、佐藤さんの方を見ると、もう腰を浮かしている。

「電車ではなく、タクシーで行きましょう。お金は上の人から預かってます」

と言われ、なるほど、準備万端なんだ、と感心しました。

出かける前に小島さんに電話しました。

「そんなことってあるのかね」

というのがそのときの言葉だったというのは前にお話ししましたが、もちろん小島さんは『長男の出家』が芥川賞候補になったことは知っていたし、『海燕』に載った小説を読んでもいて、寺田さんから芥川賞云々の話も聞いていました。ですから、「そんなことってあるのかね」というのは小島さん独特の喜びの表現ではあると思いますが、それにしても、期待外れの二十年間だったが……という実感がこもっていたと思います。

池澤夏樹さんの話

受賞は池澤夏樹さんの「スティルライフ」と同時でした。その池澤夏樹さんが三十年ほど経ってから面白いことを言っているので、ご紹介します。

これは、今から三年ほど前に、室蘭の文学館、「港の文学館」と言いますが、それが札幌の北海道立文学館の館長だった池澤さんに、室蘭に来て、話をしてもらったことがありました。港の文学館の館長が挨拶を兼ねて頼みに行ったときのことです。私のことが話題になったとみえて、池澤さんがこう言ったそうです。

「三浦さんて、おもしろい人ですね。小説はあんまり好きじゃない、って言うんですから」

いつそんなことを言ったのか記憶にないのですが、池澤さんに会ったのは、この記者会見のときと、授賞式のときの二回だけです。記者会見のときは握手をした覚えがありますが、話をする余裕があったのは授賞式のときだったかもしれません。どっちにしろ、小説を書いて賞をもらった男が、小説はあんまり好きじゃない、と言うのは、確かにおかしいですね。池澤さんが三十年も覚えていたというのは、相当印象に残ったのでしょう。「へんな人だ」と思ったんでしょうね。

『海燕』関係者のパーティ、小島さんも来る

記者会見には『海燕』編集長の寺田博さんも、編集部の人たちを引き連れて来ていました。『海燕』にとってははじめての芥川賞で、さぞ、気合いが入っていたのでしょう。

記者会見の後で寺田さんは、これからちょっと、他のところに行きましょう、と言って、私をタクシーに乗せ、四ッ谷にある居酒屋風の店に連れて行きました。福武書店が客の接待に使う店だったのでしょう。社長の福武総一郎さんの顔も見えました。他の社員たちも集まって、そこで酒宴がはじまったわけですが、かれこれ十一時過ぎだったでしょうね。乾杯をし、飲みはじめると、私の顔を見て、寺田さんが、

「小島さんも呼ぼう」

と言い出して、電話をかけに行きました。少しして戻ってくると、

「来るそうですよ」

そうして小一時間ほどすると、本当に小島さんが現れました。たぶんタクシーでしょうが、国立から四ッ谷まで駆けつけてくれたわけです。

それから座は一層盛り上がったわけですが、何を喋ったか、まったく記憶がありません。社員の人たちも次々に挨拶に来て、やたらに乾杯し、笑ったりもしたのですが、ある社員の人が私に言いました。

「眼が全然笑っていませんね」

笑おうと思っても、頬がこわばって、眼が据わっているのが、自分にもわかるのです。お祝いどころか、緊張のしっぱなしでしたね。

それでも、どうやらお開きになりました。すると、寺田さんが、

「明日の朝、本社で朝礼のときに何か話してくれませんか」

と言うのです。さすがに、こんなときに、こんなことを頼んで、申し訳ないという口調でしたが、社長の福武総一郎さんのたってのお願いだということでした。明日は非常勤で教えていた成城大学で試験をやることになっていて、少々困ったなとは思いましたが、何とかなるだろうと、引き受けました。寺田さんは、小島さんにもお願いします、と言い、小島さんも引き受けました。小島さんは、そういう流れを楽しんでいるようでした。自分が芥川賞を受賞したときと較べたりしていたのではないでしょうか。小島さんが受賞したのは、戦後間もない昭和三十年で、私の受賞は昭和六十三年、三十年以上も経っている上、石原慎太郎氏が受賞した昭和三十一年以来、芥川賞の性格がガラリと変わったと言われています。

ホテルのスイートルームに泊まる

さて、明日話すとなると、また、出てこなければならない。今晩家に帰って、また出てくるとなると大変だ、帰っても、眠る時間などほとんどないだろう、と私は思い、寺田さんに、どこかこの辺に宿を探してくれませんか、と頼みました。

「承知しました」

と寺田さんは一言の下に引き受けてくれ、小島さんと二人が泊まるホテルの部屋を予約してくれました。それがホテル・ニューオータニで、ホテルに行ってみると、案内されたのは高層階のスイートルームでした。パウダールームとリビングルームつきの豪華な部屋で、ほんの数時間の滞在では勿体ない、生まれてはじめて泊まった部屋でした。それ以後もそんなところに泊まったことはありません。部屋の窓からは、赤坂から新橋にかけての街の灯が見え、小島さんもしばらく佇んで眺めていました。自分のときとはずいぶん待遇が違うと思ったことでしょう。小島さんの受賞の頃は、ホテル・ニューオータニはまだ存在せず、赤坂から新橋にかけては、戦後の焼け跡に建てたトタン屋根の仮住まいがまだ残っていたと思います。

福武書店の朝礼で挨拶する

さて、翌朝、福武書店から運転手つき社用車の迎えが来て、それに乗って九段の本社に行き、朝礼に出て、集まった社員の人たちに挨拶しました。まず、小島さんが話しましたが、内容はよく覚えていません。

「この人には長い間、小説のことをいろいろ教えてきたんですが、なかなかウマくなりませんでね、今度やっと賞を取ることができたんですよ」

ぐらいのことを言ってくれるかと思っていましたが、割合一般的な話だったので、おや、と思ったのを覚えています。小島さんも、こういう席では、やはり、話しにくかったのでしょう。

私の番になり、見回すと、ほとんどが若い女性ばかりに見えたので、

「これからは勉強して、女性のことを書くようにします」

とお茶を濁しました。

他愛のない話で申し訳ありません。

留守中家では電話の猛襲

さて、くたくたになり、気分だけは妙に高揚して、多摩センターの家に帰ると、家内の機嫌がたいへん悪い。私がいなくなってから、あちこちから電話がかかってきて、夜遅くまで続き、今朝も電話が続いているとのこと。そう言われている間にも電話が鳴ります。

こういう状態は数日続きました。私は賞をくれた文藝春秋から言われて、一週間のうちに受賞第一作なるものを書かなければならず、そんな状態の家では到底無理なので、文藝春秋に頼んで、熱海の社員寮に泊めてもらい、なんとか書き上げました。

家内の短歌と感想文

やれやれ、と、家に帰ると、家内が、

「これを見てちょうだい」

と、一枚の紙片に五首ほどの短歌が書いてあるのを渡して寄越しました。電話の攻勢に疲れた家内が、自分は一体何者だろうという気持ちを、直接口で言う代わりに短歌にしたものです。更に二、三日後には、数葉の原稿用紙にそのときの心境を綴ったものを寄越し、夫は独り高揚しているが、自分たち家族は小説の材料になって、世間から変な目で見られる。自分たち、妻と娘は、取り残された気持ちだ。というようなことが書いてありました。

家内は、私の留守中、小島さんとも電話で話していて、夫を理解するために『長男の出家』を読んでみたいが、どうしても読む気にならない、と話すと、小島さんは、読まない方がいい、私の家内も私の書いたものを読まなかった、と答えたそうです。

私が小島さんに、家内の短歌や感想文について話すと、小島さんは、

「恵美子さんは、自分で何か書いていったらいい。そうやって、何かがわかってゆくのではないか。自分でもそのつもりがあるようだ」

と言い、

「珍しい人だよ。ああいう人はちょっといない。君の宝だ。大事にしなさいよ」

と、付け加えました。

家内はその後、朝日カルチャーセンターの駒田信二さんのクラスに入り、小説を書きはじめました。主として私や家族のことを書いた地味な小説ですが、駒田信二さんから、ご主人の小説よりもいい、と言われたこともあったらしい。小島さんも何度か読んでくれましたが、いつも好意的でした。

芥川賞のおまけみたいな話です。

余談になりましたが、ついでにもう一つ余談を加えます。

破門される

私が坐禅の香渡機外老師から破門されたという話です。

芥川賞の発表のあった次の日曜日に坐禅に行くと、坐禅する前の作務（さむ）（本堂や庭の掃除などの仕事）の最中に呼ばれて、ああいうことを書いて世間沙汰になった以上は、ここに置いておくわけに

はゆかない、破門する、と申し渡されました。

機外老師に関しては、『海燕』が出たときに小島さんに相談したところ、

「読んでおいてもらった方がいい、大丈夫だよ」

と言われ、一冊差し上げてありました。機外老師はすぐに読んで、そのときはだいぶ叱られましたが、出て行けとは言われませんでした。しかし、今回は世間の評判になり、檀家の人たちも読んで、お祝いの電話などがかかってきたものだから、このままにしておくわけにはゆかないと思ったのでしょう。最大の理由は、息子の修行の妨げになる、ということでした。

「有名になってどうする」

とも言われました。

これから寺への出入りは禁止するから、所持品はすべて持って帰れと言われ、自分用の座布団や作務衣などをまとめ、坐禅仲間の一人が車で送るというので、家まで送ってもらいました。仲間たちに別れを告げるときに、

「息子のことはよろしく頼みます」

と言うと、突然、涙が出てきて、止まらなくなりました。別に悲しいわけもなく、残念だというわけでもなく、むしろ、こうなるのが当然だという思いでしたが、どういうわけか止まらないのです。一種の快感さえ感じていました。一方、息子を見ると、おやじはどうしたんだろう、という表情で眺めていました。

社会的人間となる

以上が、芥川賞をもらったときの前後の事情です。この他にも、ＮＨＫからの特別番組製作の相談、映画化の申し込み、著書のサイン会、講演や原稿執筆の依頼など、連日のようにあり、遂に健康を害して、タクシーの中で吐いたりもしましたが、これらは小島さんとは関係がありませんので省略させていただきます。

とにかく、これによって私の人生は激変しました。もう、「小説など書きません。心霊研究をやります」などと、のんきなことを言っていられなくなったのです。この変化を一言で言うと、「個人から社会的人間に変わった」と言ったらいいでしょうか。

人は誰でも個人的な生活と社会的な生活の二面を持っています。○○大学の教授とか、○○会社の社員とか、いわゆる肩書きはつきものですが、これは、大学や会社をやめればなくなるもの、従って一時的なものと誰もが理解しています。しかし、賞をもらって「作家」という肩書きがつくと、死ぬまで、いや、死んでも、その肩書きはついてまわります。特に、誤解されることを怖れずに言うなら、この芥川賞の場合は恐ろしいほどです。

小島信夫の後ろに隠れていた

それまで私は、どちらかというと世間嫌いで、孤独を好む方でした。アメリカから帰って、「異邦人」だといわれたくらいですから、お察しいただけることと思います。特に小説を書いたり、座談会に出たり、編集者と話したりする場合は、小島さんを盾にして、その後ろから世間を眺めたり、モノを言ったりする傾向がありました。傍からはそう見えなくても、心の中はそうでした。小島さんなら、こういう場合何と言うだろうか、と考えながら喋ることが多かったです。雑誌の編集者などは心得ていて、必ず小島さんの話を出しました。また、小島さんは、小島さんで、編集者に会えば、必ずといっていいくらい、私の話をしていたようです。つまり私は、文学的には小島信夫に付属する何者か、都合のいい言葉で言えば、「弟子」だったわけです。

ところが、賞をもらってからは、世間はそんなことは知りませんから、小島さんの蔭に隠れていた私を、無理やり引っ張り出そうとする。独りで自分勝手な夢を貪っていたい私を、衆人環視の中の、白昼の光の中に引きずり出す。私は、はじめて授業に出た新米教師さながらに、顔を強ばらせてもっともらしいことを喋る。賞が発表された晩に、福武書店の社員たちと、顔を強ばらせて酒を酌み交わしながら、「眼が笑っていませんね」と言われたのは象徴的な出来事でしたね。

そういうわけで、私は、しばらくの間は、人と会ってもぎこちない感じがつきまとい続けたものです。

外国人講師の噂話

ある日、こういうことがありました。

隣の学部、農学部の、ある先生に会う用事があって、講師控え室で待っていたときのことです。私の背後のソファに外人講師らしい二人の男が坐って英語で話をしていました。ふと耳に入ってき

たのは、

「アクタガワ」

という言葉でした。英語風にアクセントが違っていましたが、そこだけが日本語だったので、気がつきました。おや、何を言っているんだろうと興味が湧いて、耳を澄ませると、

「スゴくビッグな賞らしい」

と、相手に説明しています。

「それを最近もらった男が、ここの教員の中にいるんだが、それをすっかり鼻にかけてね、話しかけても相手にしないそうだ」

「ほう」

「わかるだろう」

二人は笑い合い、それから後は笑い声に混じって聞き取れませんでした。

これは本当にあった話です。私の創作ではありません。

私は、外国人がこんなことに興味を持つのはどういうわけだろうと思いました。そこで頭に浮かんだのは、私の学部、工学部に最近教えに来ているアメリカ人の女性でした。眼鏡をかけた体の大きい人で、われわれの一般教育科にも顔を見せることがありましたが、馴染みのない人だった上に、私が今言ったような状態だったので、話し合うこともなく、むしろ、話すことを避けていました。

おそらく彼女は、誰かから話を聞いて、私と話してみたいと思っていたのかもしれません。ところが、私がそういう状態だったので、失望し、自分流に解釈して、それを知り合いの外人講師に話し

たのではないか、と、私は思ったわけです。

こっちがどう思おうと、とにかく、社会は放って置いてはくれない、ということを、痛切に感じた事件でした。

受賞後の小島さんとの関係——次第に縁遠くなる

そういう社会的な変化もあって、受賞後は、小島さんとの間も、次第に縁遠くなってゆきました。小島さん自身も、「もう三浦君も一人前になったんだから」と、距離を置くようになっていったと思います。それでも、私が執筆に適した環境を求めて、八王子の山の中にある「大学セミナーハウス」という研修用の宿泊施設に籠もって小説を書いていたときには、奥さんの運転する車で訪ねて来てくれたこともあり、私のその後の状況には関心を持っていたようです。また、妻の恵美子とも電話で話したり、彼女の書く小説を読んでくれたりして、「ぼくたちは親戚みたいなものだよ」と言ったこともありました。

私と小島さんとの間柄についてのお話は、だいたいこんなもので、これから先、亡くなるまでの十五、六年ほどの間のことは、私は詳しくは知らないし、小島さんの人間関係も変わってゆきましたので、私よりもよくご存知の方に話を譲りたいと思います。

最後に、小島さんが私の書くもの全体についてどう思っておられたかを、受賞後の『海燕』による私との対談を通して簡単にお話しし、それに対して、今日の話の冒頭にも取り上げました小島さんの晩年の大作『菅野満子の手紙』と『寓話』について、現在、私がどういう感想を持っているかをざっとお話しして、このエッセイを終わりたいと思います。

「全くの新しい小説」

受賞した昭和六十三年（一九八八）の『海燕』四月号に、私と小島さんとの対談が「全くの新しい小説」と題して掲載されました。このタイトルについては、今回の『長男の出家』を主として、私の私らしい小説を念頭に置いた小島さんの意見を表した言葉ですが、「何が新しいんだ」、「下手な家庭小説に過ぎないじゃないか」という意見も多くあったようです。要するに「新しい」とは何か、ということですが、これは小説の内容や書き方が新しい、というのとは違って、小島さんの考えによれば、私という人間が新しい、その新しさが「爽やかで」、「風が吹き抜けるような」文体によって十分に出ている。これは、だから、誰も真似のできない「全くの」新しさだ、ということでした。ちなみに、「爽やかで」、「風が吹き抜けるような」文体というのは、当時、小説を読んだ人たちからよく聞いた言葉でした。

河野多惠子さんと吉行淳之介さん

小島さんは、河野多惠子さんが『長男の出家』を読んで、「久しぶりにコーフンさせられた」と言ったことと、「小説になっているとは思えない」と言った吉行淳之介さんの、二人の選者の意見を引用しながら、当時の文壇の停滞した、一種の閉塞状況に対して、批判的だった河野多惠子さんが、そういう状態を吹っ飛ばすような、わかりにくいところもあちこちあるが、それがかえって不気味で興味深い、そういう小説にぶつかって、久しぶりに小説の持つ醍醐味を感じた。一方、吉行さんの方は、どちらかというと、小説の伝統を守る立場にあり、読めば読むほど自分の小説観とは違ってくるという、小説についての見方の違いを説明してくれました。

自分らしさが出ればいい

そうして、君のような人は、むしろ、小説らしく書こうとしない方がいいのかもしれない、とも言われました。前に書いて、芥川賞の候補になったが、誰も評価しなかった「赤い帆」などは、小説として窮屈で、君らしいのびのびとした特徴が出ていない。君は、もともと面白い人なんだから、その面白さが小説に出なければダメだということでした。

昔から口を酸っぱくして言われた「自分を書け」ということなどは、完全に棚上げとなり、さすがの小島さんも、もう、ここに至っては諦めざるを得なくなったというか、まあ、これだけ自分らしさが出れば、これはこれでいいではないかと、自分を納得させたというか、少なくともそのときは、方針転換をされたようです。

余計なことを言うようですが、その後の経過からいうと、「そうは問屋が卸さない」、ということになりますが、それは本題から外れますので、話すのはやめておきます。

『萱野満子の手紙』と『寓話』について

この話の冒頭で、私は、私の芥川賞受賞前にちょうど完結した二つの大作『萱野満子の手紙』

と『寓話』を取り上げ、ざっとその内容を説明し、その頃小島さんがどうやって小説を書くかについていかに苦労していたかを、『文学空間』に載せた二十世紀文学会のメンバーによる座談会の記録を通してお話ししましたが、その具体的な実例である『菅野満子の手紙』と『寓話』については、触れずにおきました。話が別の方向に行くことを怖れたためです。

しかし、このお話も最後になり、先ほどは小島さんが私の文学について話されたことをご紹介しましたので、今度は私が小島さんの文学についてお話ししてもいいかなと、いや、むしろそうするのが自然ではないかと思いました。私は今まで、小島さんの文学については一言も批評めいたことを言ったことがありません。ひたすら学ぶ態度を取ってきたわけですが、もう私も小島さんの後を追う年齢になりましたし、身近にいた者として、最後に一言言っておくのも、何かの役に立つのではないかと思います。

実を言うと、私は、『菅野満子の手紙』は出版されてすぐ読みましたが、『寓話』は今回がはじめてでした。『菅野満子の手紙』を読んだとは言っても、三十四年前のことですから、内容はすっかり忘れていて、読んでいないも同然です。ですから、二冊とも新しく眼に触れたといっていい。つまり、現在の、もうすぐ九十歳になんなんとする（読んだ当時）私の目を通して見たということです。

それでは今の私から見るとどうかと言いますと、

「小島さん、やめておいた方がいいですよ」

と、声をかけたくなります。

書きながら考え、それを活字にする

何をやめたらいいかというと、まず、書きながら考えたことを、そのまま活字にする、ということですね。

前にも言いましたが、小島さんは月々の連載を毎回書きながら、作品の方向や内容を定めてゆく。連載をはじめる前には大体の構想は立てるのですが、書いているうちにそれも変わっていくことがある。『別れる理由』などはそのいい例で、最初の数篇は、毎日散歩の途上で出遭った人や見たことを書いているうちに、書く狙いが決まってきて、最初の数篇は切り捨て、題名も変えて、あの長篇に突入していったわけです。要らなくなった部分は捨てて題名を変えるのは、本にする場合、関係がなくなるからいいのですが、小島さんはそれから後も、出遭った人たちのことやその意見、時々の出来事などを取り入れて書いていきました。小島さんの考えから言うと、人間は生きているんだから、そのとき、そのときに変わるのは当たり前で、その方がリアリティがある、ということになりますが、悪く言えば、「行き当たりばったり」です。何か面白いことがあると、話がそっちの方に行って、なかなか元へ戻らない。ときには、脱線しっぱなしになって、読者は、あれはどうなったんだろう、と思っているうちに、次から次へと新しい話が出てくるので、だんだんと頭が混乱してきて、はじめの話を忘れてしまい、やっと、それに関する話が出てくる頃には、もうどうでもよくなっている。読者は、ですから、そのとき、そのときの小島さんのお喋りを楽しめばいいのであって、後のことは成り行きに任せるしかない。しかし、これでは小説と言えるだろうか。

小島さん自身も、ときにはお先真っ暗で、どうやっていいかわからなくなり、小説に編集者を登場させて、

「あなたは一体何を書こうとしているんですか」

と作者に問いかけさせる。

「ぼくにもよくわからない。教えてほしいくらいだ」

と小島さんらしい人物が答える。

このとき、編集者は、もうそろそろ連載をやめてくれませんかと言いに来たという設定になっています。

執筆の内幕がわかって面白いですが、これが小説だろうか。

内輪の事情

小島さんはまた、ある月の連載を書きはじめるに当たって、

「今月は休載しようと思ったが、かくかくしかじかの理由で書くことにした」と書いていて、それがそのまま本の活字になっています。せめて、そのぐらいは削除しておいた方がよかったと思いますが、小島さんは書いたものを見直したりはしない人ですから、活字にする際も、そのままやってくれということだったのでしょう。しかし、読者の側から言えば、そんな内輪の事情などはどうでもいいので、そういうことが二度も続くと、やめてくれ、と言いたくなります。作者の方に何か誤算があったのではないかと思いますが、ある意味では読者を無視していると言っていいかもしれま

せん。小島さんにしてみれば、「面白いと思う人だけが読んでくれればいい」ということかもしれませんが、それで通るのは、ごく限られた作家だけです。

小島さんだけの手法

小島さん自身も、「ぼくのやり方を真似してはいけない。ケガをする」と『寓話』の中で言っています。確かに、こういうことが許された作家は小島さんだけでしょう。何よりも掲載する雑誌の編集者との濃密な関係がなければできないことです。駆け出しの作家などには絶対にできないことですし、そこそこの作家だって、そんなことをはじめたら、数ヶ月後には、「そろそろやめてくれませんか」と言われるに決まっています。小島さんの場合は、『別れる理由』ではじめて取り入れたスタイルですが、この作品が社会で圧倒的な評判を得たために、『菅野満子の手紙』と『寓話』でも続けることができたわけです。しかし、さすがの小島さんも、この二作の後では、この手法による大きな小説は書いていません。

「唱和」の世界

以上は書き方についてですが、それでは内容についてはどうかというと、『菅野満子の手紙』で小島さんが発見し、小説の重要な構成要素と考えた「唱和の世界」、歌い合い響き合う世界、ですが、今言った、執筆中の出来事をいろいろ取り入れていくというやり方とよく似ています。それはまた、小島さんの人間関係のあり方ともよく似ていることで、一番自分に合った生き方そのものを文学の方法とすることができた、ということは、たいへんすばらしいことだと思います。これは小島さんの文学的発見としては最大のものでしょう。

しかし、その「唱和の世界」が本当に成功しているかどうかということは、人さまざまな意見があると思います。菅野満子の恋に対しては、ゲーテと若い人妻の恋、それから、ヘルダーリンと彼が家庭教師に行っていた先の若い母親との恋が対比されています。私の見たところでは、いずれも人妻との恋ということは似ていますが、その他の点ではあまり似ているようにも思えません。というより、時代も違うし、立場も違うし、菅野満子の場合は人種も違うのですから、どう違うかということを書いた方が納得できるのではないかと思います。それでもまた「響き合う」ことになるのだとすれば、なお面白いのではないでしょうか。そこのところまでは作者の筆が届いていないように思いますが、さすがに、菅野満子の恋については、委細を尽くしていて、特に、満子の子供たちまでも取り入れた情景描写は、小島さんならではの配慮の行き届いたものだと思いました。

暗号の世界

もう一つの『寓話』は、暗号の世界を描いたものです。小島上等兵と浜中二等兵が取り組んだ米軍の暗号解読からはじまって、エドガー・アラン・ポーの「暗号術」などの短篇小説、ゲーテと恋人との間に交わされた『ハーフィーズ詩集』による暗号通信、スウェーデンボルグの霊界とこの世との相似論、宮内寒弥の、海軍の暗号を使った小説『新高山登レ一二〇八』、あるいは「易」、あるいは「予言」、などなど、この世におけるさまざまな種類の謎解きに迫り、文学自身も謎解きの

「奇蹟」と関係があるのではないかということまで作者は言っています。そうして、アラビア語の「暗号」を表す「Sifr」という言葉が「ゼロ」を表しているということから、仏教の「空論」に思い至り、仏教の根本理念を示す曼荼羅にまで話が及びます。曼荼羅は宇宙の謎を示す一つの暗号だというわけです。この手引きとなったのが森敦さんの著書『意味の変容』と、テレビ番組『森敦・マンダラ紀行』です。

アイザック・ジンガーの話

話と話を繋ぐ手紙の部分などは退屈することがありますが、これらの謎かけや暗示、予言の話などは、どれもとても面白いです。一番面白かったのは、夫の長期の留守中に、暗闇を利用してその妻の寝室に入り込み、自分は悪魔だと名乗って女を脅かして思いを遂げる、ユダヤ教会専属の道化の話ですね。これはアイザック・ジンガーという、ユダヤ語でしか書かなかった小説家の短篇で、昔、私も読んだことがありましたが、小島さんの言葉で読み直してみると、抜群に面白い。最後にこの悪魔は風邪を引いて死ぬんですが、残された女は悪魔のことが忘れられない。アイザック・ジンガーはノーベル賞をもらった作家ですが、この骨太の無駄のない文章は見事なものです。五六〇ページに及ぶ『寓話』の中で、一番記憶に残る部分でした。

見えない世界

謎の世界、隠れた世界、見えない世界を扱うという意味で、『寓話』は私にとって、身近に感じられる作品でした。覚えていらっしゃる方もおられると思いますが、私が「心霊研究は続けますが、小説を書くのはやめるかもしれません」と言ったときに、「足もとを見て書くのが小説というものだ。いきなり見えない世界に眼を向けようとしたってダメだ」と小島さんから諭されたことがありますが、この『寓話』のはじめの方にも、同じようなことが書いてあります。

「天に昇るために地上に足をつけなくてはかなわぬのです。ゲーテほど、このことを知っていた人

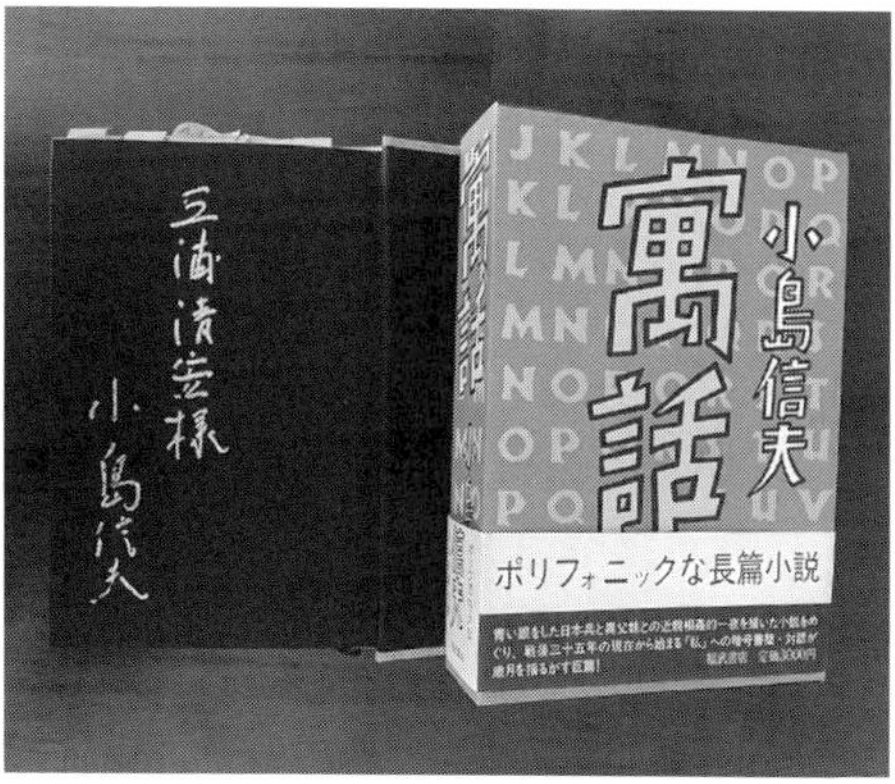

銀色のサインペンによる署名が入った『寓話』（福武書店，1987 年）。

『アメリカンスクール・殉教』（昭和名作選，新潮社，1955 年）巻頭部の署名。

はないのです」

と、ドイツ文学者で『唱和の世界』を書いた菊池栄一先生の言葉を挙げています。

しかも、この『寓話』という小説は、その「見えない世界」、「謎の世界」を探る一つの試みでもあるのです。ひょっとすると、これを書きながら、小島さんは、私のことも、どこか頭の片隅に置いていていたかもしれません。

「三浦君、見えない世界を書くというのは、たとえば、こういう風にやるんだよ」と。

銀色ペンのサイン

これは私の思い過ごしに過ぎないかもしれませんが、じつは、ちょっと引っかかることがありました。小島さんは私に二冊の『寓話』を送って寄越したのです。一つは出版社から直接送られてきたもので、これにはただ「著者謹呈」の栞が入っていただけでしたが、もう一冊の方は、黒の裏表紙に銀色のサインペンで、私の名と、小島さんの名前とが大きく記してありました。その前に送られてきた『菅野満子の手紙』には署名はありませんでした。私の記憶では、読んでもらいたい、いや、読むだろう、と思う場合には、必ず署名してくださったようです。

単なる偶然かもしれませんが、一応、そういうことにしておきましょう。

信じていない

そこで、私流に、というのは、「見えない世界」に深く関わる者の立場からということですが、この『寓話』の世界について言うならば、率直に言って、「もの足りない」ということになります。どうしてか、と言うと、簡単に言えば、作者が信じていない、という一言に尽きます。作者は、世界が謎であるということをいろいろな方面から探っていって、最後には曼荼羅の世界に辿り着きますが、それは、森敦さんの説に便乗しているだけであって、ご本人の小島さん自身の考えとは言い難い。小説の最後では、主人公がその説を聞きながら居眠りしてしまう。安心して居眠りするならいいのですが、そうではなくて、よくわからない、悪く言えば、どうでもいい、ということかもしれない。どちらにも取れます。ある意味では、ずるい、と言ってもいい。

「心張り棒」はどこに？

小島さんは、以前にも、

「小説を書いていて、何か結論めいたものが出そうになったら、消しておくことだ」

と教えてくれたことがありました。結論を出さない、懐疑主義的であるということは、小説を深め、発展させる上では必要であるかもしれませんが、これだけの長篇になったら、やはり、読者は、最後には、作者の覚悟みたいなものを知りたいと思うのではないでしょうか。思い出しましたが、二十世紀文学会の座談会で、いみじくも小島さん自身が言った、「心張り棒」ですね。それで、一発、こちらの急所を突いてもらいたかった。

小島さんへの、遅ればせながらの要望をもって、今回のお話を終わらせていただきますが、今はその「見えない世界」の住人となった小島さんは、おそらく苦笑して聴いておられるのではないかと思います。

結語――「あれは嘘だろう」の裏

さて、ここで、このお話の冒頭に述べた疑問をもう一度考えてみたいと思います。私が、芥川賞の授賞式の挨拶で、

「すべては小島さんのおかげです」

と言ったことに対して、

「あれは嘘だろう」

と小島さんが言われたことについてです。

「あれは嘘だろう」という言葉の裏には、自分が私に小説を書かせたおかげで、人生の他の可能性、例えば、アメリカの大学に残って詩の勉強を続けるとか、日本で実業界に入るとか、そういう選択肢を遮ってしまったのではないかという懸念があったのではないかと、私は推測いたしました。しかし、本日まで縷々お話ししてきて感じたことは、おそらく単にそれだけではなく、私が彼にすっかり傾倒してしまったという危うさ、私を彼の強い影響下において、精神的、心理的に、束縛したかもしれない、という懸念までも感じておられたのではないかと思ったわけです。

意味のない「人生の選択肢」

確かに私は小島さんの人間的魅力にすっかり虜になってしまい、自分でもそれをどうすることも

できず、人生、特に文学的人生においては、まことに不甲斐ない半人前の人間であったと認めざるを得ません。それが、今回、皆さんの前で小島さんとの関係をお話しすることによって、明るみに出、遅まきながら自分でもはっきりと気づいたわけです。全く呑気な、もうこの歳になっては取り返しのつかない話ですが、そうなってみますと、先ほどお話しした人生の選択肢――ああすればよかった、こうしたらどうだったろう、などということは、まったく意味のないことであると言わざるを得ません。人生は、やり直すことはできないというのは誰もが知っていることですが、それは時間的に元へ戻らないというばかりでなく、人間的にもそうである、むしろ、人間的な理由によって、引き返すことのできない状況に進んでいくのではないか、そういうことを今回つくづくと感じた次第です。

「運命的」ということ

こういう状況を「運命的」と言ったりしますが、確かにそう思います。しかし、今までは「運命的」というと、外部からの大きな力に、非力な人間が巻き込まれ、押し流されていく、というふうに考えていましたが、じつは、根本にあるのは本人の持つ人間の力、特に心の働きだということを強く感じます。その心が、人との出会いや出来事など、外部のきっかけによって、否応なしに動きはじめる。そうすると、周囲はそれに共鳴して、まるであらかじめ計画されていたかのように、集まってきて、一つの大きなうねりとなって流れていくのです。

私の小島さんとの体験は運命的なものでした。私の心が小島さんの心と共鳴してしまったのです。

選択の余地などはありません。

「宇宙の謎」は人間の心

先ほどの『寓話』についてのお話の中で「宇宙の謎」という命題が出てきましたが、「運命」もその一つでありました。その謎を解く鍵は人間の心にあるかもしれません。いや、「宇宙の謎」そのものが人間の心なのかもしれません。

たまたま話が小島さんの小説と繋がりましたので、これで私の「出来の悪い弟子」を終わらせていただきます。そうして「出来の悪い弟子」というこの話の題名を、『運命の謎――小島信夫と私』に変えさせていただこうと思いますが、いかがでしょうか。

たいへん長らくご静聴いただき、まことにありがとうございました。

II 小文

「自分」を書け

私が小説を書くようになったのは小島さんのおかげである。書き方も小島さんから教わった。小島さんに出会わなければ、詩か詩論のようなものを書いていたかもしれない。ビジネスマンになって小さい貿易会社のようなものをやっていたかもしれない。

私は詩を書くつもりで、十年間の外国放浪を切り上げて帰ってきた。そこで待っていたのが貿易の仕事と、小島さんだった（「待っていた」というのは言葉のアヤだが、小島さんとはアイオワで知り合い、初対面ではなかった）。小島さんは言った。「きみは（そのときは『あなたは』と言ったかもしれない）ビジネスマンになるよりは、学校の先生になって小説を書いた方がいい。小説を書いて成功するかどうかは何とも言えないが、ビジネスをやるよりはその方がいい」。そして、「これはぼくの家内の意見でもある」と付け加えた。あるいは、「これはぼくの家内の意見で、ぼくもそう思う」と言ったのかもしれない。とにかく奥さんの意見だということが印象に残った。できたばかりで、荷物もまだあちこちに積み重ねたままの家に伺った折、一度お会いしただけで亡くなった奥さんではあったが。小島さんは、「家内はこういうことには勘がいいんだ」と言った。

その奥さんが間もなく亡くなって、私は小島さんの新築早々の家に居候することになった。小島さんの言葉で言えば、「関係のない人間がいた方が、みんながいっせいに落ち込まなくていい」からだった。まだ外国人みたいだった私はそれにうってつけだったのである。おかげで私は毎日毎晩小説の話を聞くことになった。ちょうど小島さんが「返照」などを書いていた頃のことだ。

リビングルームにまだ目ぼしい家具はなく、小島さんは六畳敷のグリーンの絨毯を買ってきて、まん中に敷き、その上に鉄板焼の道具を持ち込み、野菜や肉を盛った皿を絨毯の上に並べ、ま新しいモダンな部屋に脂の煙を上げながら、絨毯の上にあぐらをかいて、酒を飲み、小説の話をした。

「何でも訊け」

と小島さんは言った（どこからでも打ち込んでこいという感じだった）。

しかし私は日本の現代小説のことなど何も知らなかったので、調子を合わせながら食べたり飲んだりしていることの方が多かった。

「詩よりは小説の方がいい。詩で書けることは小説の中にみんな入る。詩で書けないことも小説では書ける。それに今は何といっても小説の方がきびしい。詩は仲間うちでやっているようなところがあって、喧嘩するにしろ、ゆるし合うにしろ、世間とあまり関係ないところがあるが、小説は雑誌も多いし、批評家もウノメタカノメで、ちっとも気が抜けない。新人の小説を選ぶ場合だって、いろいろ問題がないことはないが、それは主として見方の違いで、だいたい公正なもんですよ」

私は二階の息子さんの部屋にこもり（息子さんは私と入れ替わって都心で下宿生活をはじめていた）、下から小島さんが、食事の支度ができたよ、と呼んでくれたのを断って、最初の小説を書いた。

小島さんは絨毯にあぐらをかいて、私の大学ノートを読んでくれた。途中で笑ったので、「おもしろいでしょう」と言うと、「うん。おもしろい。おもしろい。きみがそう訊くところもおもしろい」と言った。雑誌の編集者が来たときに、小島さんは指で天井を指して、「こういうヒトがいる」と言って、小説を見せた。編集者は、カンジンの自分のことが書かれていないと言って返してよこした。小島さんは、まあ、そんなものだ、という顔をしたが、「集中力はあるようだ。メシも食わずにがんばったんだからナ」とほめてくれた。

私が最初に小説らしい小説を書いたのは、「黒い海水着」という十三枚ほどの短篇である。「二十世紀文学」というアメリカ文学者のグループの同人誌に載った。はじめ五十枚ぐらいだったのだが、小島さんに見てもらって書き直したら、十三枚になった。このときはじめて小説とはどういうふうに書くものであるかということを、壁にキリで穴をあけて向こうの景色を覗いたように実感した。忘れられない体験である。

私は貿易会社を夜逃げ同然に逃げ出した後、結婚してささやかな世帯を持ち、小島さんの世話で、小島さんと同じ勤め先の大学に教えに通っていた。小説はそこの「研究室」という自分用の小さい部屋で見てもらったのだが、午後からはじまって部屋の中が暗くなり、お互いの姿が定かでなくなるまで小島さんは倦まずに喋り続けた。文学の話をすると次から次へと話題を追って喋り続けるのは小島さんの癖だが、このときは私のたった五十枚の短篇のことだけでこんなに時間を潰してくれたので、すっかり恐縮してしまった。

その短篇は、私のアメリカ人の友人夫婦が南太平洋の島に人類学の研究に行った帰り、淡路島にあった私の家に寄ったときのことを書いたものだった。若いアメリカ人のカップルがポリネシヤ人のようなムームーにサンダル履きの気楽な格好で船から上がってきて、淡路島の丘の上にある古い家の畳の上に坐り込み、マニキュアだけは忘れない指で、西瓜を食べたり、蛾を追ったりし、それを私の両親と妻とが遠巻きにして眺めているというのが何か不思議でおもしろく、それを書いた。小島さんは一通り読むと、五十枚のうち眼にとまるのは、最後の方でみんなが海水浴に行ったとき、アメリカ人といっしょにいる主人公が、一人で浜辺に立って泳ごうかどうしようかと海を眺めている妻の黒い海水着の背中を見ているところだ、ここしかない、と言った。私は外国人のことを書くつもりだったが、小島さんは妻のことを書けと言う。このパターンはあとあとまでも続いた。私が小島さんの家に居候して書いてダメだった小説も、外国人の女のことを書いたものだった。つまり、私はいつも外国人のことを書きたがるものだから、小島さんは「妻」とか「夫婦」とか言うわけだった。

私は妻のことを書こうとは夢にも思わなかったし、そう思うだけでも気が重くなり、眼の前が暗くなった。もう二十年近くも前のことなので、はっきりとは覚えてはいないが、相当抵抗したのだろうと思う。長い時間がかかったのは、そのためもあったのだろう。「外国人を書くのはむずかしい」と小島さんは言った。「向こうの話になってしまうからだ。妻ならいやおうなしに自分とかかわってくる。それでいて他人のような眼でこちらを見る。親子の関係もいいが、夫婦のように突き放したところはない。こっちが責任をとらないと、たちまちしっぺ返しを喰う。小説というのは押しくらマンジュウで、こっちが出ようとすると、向こうが押してくる。そのバランスの上に出来上がるものだ。ただ相手を外国人として眺めていただけでは小説にならない」

そのときそう言ったかどうかはっきりとは覚えていないが、その後何度も聞いた言葉である。「それじゃ小説は夫婦の話ばっかりになってしまう。外国人のことなど書けないじゃないですか」私はそんなことを言ったのだろう。

ともかく私は、その海水着姿の妻の背中を眺めている部分を考えてみることにした。「この中には何か大事なものが詰まっている」という小島さんの言葉を頼りにして。

翌日半日ほど考えているうちに、ハッと気がついた。黒い海水着の背中を眺めていた自分の心に気がついたのだ。その心が矛盾を含み、その矛盾が互いにせめぎ合いながら妻の背中に視線を集中させていたのに気がついたのだ。その視線の背後には、半分外国人であった自分の過去と、それにまつわる憧れと執着と共に、これからの日本の生活に対する不安や現実への嫌悪感があり、それらが黒い海水着の小さな背中に、あやうげな愛情や憐憫(れんびん)となって集まっていたのだ。

小説はそれでできた。その晩一晩かかって十三枚を仕上げ、翌日小島さんのところに持ってゆくと、「これでいいだろう」と言った。

「これが小説というものだ。前に書いたのは単なる感想文だ。どんな小説もこれがモトで、これがふくらんで大きくなるだけのものにすぎない」

「大きくすることはできませんでした」と私は言った。「余計なことを書くんじゃないかとこわくなって……。結局十三枚です」

「確かにわかりにくいところはある。もう少したっぷり書いた方がいいと思うところがある。しかしそれはだんだんコツがわかってくれば変わってくる」


私はしかしこの最初の路線を踏襲しなかった。踏襲できなかったと言った方がいいかもしれない。私が小説を書きはじめた動機は、簡単に言うと、自分が出会った人たちの中で、惚れ込んだ人間、おもしろいと思った人間、親切を受けてありがたいと思った人たちのことを書いておきたいと思ったのであって、自分のことなど書こうと思ったわけではない。ましてや毎日鼻をつき合わせている女房のことなど、どうしてまた紙の上に置いて眺めたいなどと思うだろう。

そこで、次に書いたのは、またしても外国人のことであった。パリで会ったフランス人の男や女。自分がおもしろいと思ったことだけ書いた。仕事の同僚だったいかがわしい詩人にそそのかされて、女修業をするという筋立てにはなっていた。

ちょうど『群像』に最初の評論が載った後で、編集者に小説も書いてみたらと言われて書いたものだったが、編集者は、半分まではいいが、あとは何とかしてくれ、と返してよこした。そこでまた小島さんのところへ持っていった。

小島さんは、この小説がおもしろいのは、主人公が出ていっていろいろやるからで、なまじ反省したりしないところがいい。ヌケヌケとして素人くさいが、それがこの小説の魅力だ。だから最後に小説らしくまとめようとしない方がいい。何とか考えるのだな、と言った。妻の背中を見てじっと考えるなどというところの一行もない小説で、小島さんは「シャンソンみたいなものだ」と言った。

最後は結局、いかがわしい画家が出てきて、セーヌ河の上で金粉を撒くところで終わることにしたが、そこまでに至るのにずいぶん苦労した。そしてこれがその後の作品が出来上がるパターンになった。つまり、半分まではいいが、あと何とかするのに四苦八苦するというものである。そして、本当はそれと関係あることなのに、その頃は気づかず、ただへんだと思ったことがもう一つあった。それは、批評家たちが（思いがけずにかなりの人たちが批評してくれたが）みな私である主人公を批評して、私がおもしろいと思ったフランス人の男女のことについては何も言わなかったことである。こういう軽薄な主人公とは付き合い切れない、と言った（当時は）若手の批評家がいたし、この主人公には何もない、これが小説かね、と書いた著名な作家もいた。またある同情的な批評家は、この主人公の素人っぽさは作ったものだろうと言ったが、もちろん私のありのままで、どうしようもないものだったのだ。

小島さんは、悪口は言われるだけいい、無視されるのが一番困るのだ、と喜んでくれたが、これからが小説はむずかしくなるんだ、と言った。若いうちは外へ出て行って行動する。何も言わなくても、それさえ書けば何かを主張することになり、それで小説ができる。年をとってくると、だんだん動かなくなってくる。そこから小説がむずかしくなる。いろいろ思いをめぐらし、周囲と対話しなければならない。思ったり、対話をしたりすることが、行動の代わりになる。それは結局は同じことなのだ。そして、見る自分から見られる自分へと変わってゆく。こちらの考えだけで世の中を切ってゆくことができなくなる。若いときには若いというだけで力を持ち、説得力があるものだ。世間に反抗したり、無視したり、背を向けたり、笑ったりできる。年をとるに従って、今まで自分が無視したり反抗したりしたものに自分がなってくると、そうはゆかなくなる。誰もが一度は必ずそういう事態になる。そうなったときにどうするか。それが問題だ。それが作家の成熟というものだ。それで、一時みんな書けなくなる。谷崎潤一郎、志賀直哉、宇野浩二、みなそうだった。と言って小島さんは、自分もあるときまでは、自分を被害者であると思っていたが、そのうち被害者が加害者に変わることを書くようになった。今は被害者も加害者もないと思うところで書いている、と付け加えた。

私の世に出たばかりの作品に対して、谷崎や志賀直哉まで持ち出しての懇切な批評で、私はただただ遥かな文学の山脈を眺める思いで、自分の作品とどこでどう繋がっているのか、心もとない思いをするばかりであった。小島さんはいったん話し出すと、自分の心の中にあるものを全部はき出してしまうまで、いや、連想の鎖が次々と話の種を引っかけてたぐり出されるまま、何かの事情で時間切れになるまで、たぐり続けるのをやめない。そのときはただ興味津々と聴き続けるのだが、今度は一人になって自分自身と向かい合うと、さっき聞いた言葉が自分を十重二十重にとり巻いているのを感ずる。私は小島さんが黙っていてくれればよかったと思った。黙って笑いながら、「その調子だ。もっと書け」とだけ言ってくれればよかったと思った。いや、そのときそう思ったのではなかったのかもしれない。あとで書けなくなったとき、思い出して、あのときああ言ってくれればよかったのにと思ったのだったかもしれない。（私のアメリカ人の友人がそうだった。T・S・エリオットを私に教えた彼は、私の書いた詩を見て、笑って、「もっと書け」と言った。いつも、「オーケー。もっと書け」と言うだけだった）

とは言え、その通り書き続けていればすぐに書けなくなったことは眼に見えていた。フランスでの話は、ただ主人公が出て行って行動したから小説になったというものではない。文体やら何やらのいろいろな要素が偶然重なってうまくいったのだ。それを分析しているひまはないが、問題はもっと他のところにあった。「自分」という問題である。これが私の躓きの石であり、私はその後、性こりもなくそれに躓き、小島さんにあきれられることになった。

前にも述べたが、私は「他人」を書こうと思って小説を書きはじめた。パリを舞台に小説を書いたときももちろんそのつもりだった。だから批評家が主人公の「私」を論ずると変に思ったのだった。小島さんは、きみはアコガレを書いたのだと言った。こうしてみたい、こうであったらいいナ、と思うことをフランス人を通じて書いたのだ、と言った。結局「自分」を書いたことになる。

そのアコガレをアメリカに向けて書いたのが「ポエトリ・アメリカ」と「アメリカン・ブラザー」だったが、両方とも書き直しをさせられ、小島さんばかりでなく、職場の同僚たちの世話になった。問題のある原稿は小島さんの指示で同じ職場の英語の教師たちの間で回し読みされ、そのうちどこかで一席もうけたときに、いろいろと批判されるのである。酒を飲んでも小島さんは文学の話しかしない。いや、あらゆる話が——女の話であろうと、家庭の話であろうと、みな文学の話に化けてしまう。化けない話は置き去りにされる。小島さんの周りにはそういう不思議な空気がある。ときどきわれわれは小島さんが、話しながら小説を作っているのを感ずる。これは小島さんの小説作法の一つなのだ。誰かと対話しながら作品が出来上がってゆく。「小島さんは喋り続ける」とさっき言ったが、自分勝手に喋っているわけではない。そういうときもあるが、たいていは相手に探りを入れ、確かめ、意見を述べ、想像し、共感し、反論しているのだ。相手という素材をめぐって自分の思考を舞わせるのである。

「何度言っても言い過ぎるということはないが」、とあるときそういう席の一つで、小島さんは私に言った。「自分とは何であるかということを書くのが小説というものだ。きみにはそれが徹底わかっていない。アメリカ人がどうの、フランス人がどうのということは問題ではない。それがどういうふうに自分に撥ね返ってくるかということだけが問題なのだ」

そんなことはわかっている。私は腹の中で思う。もう何べん言われたろう。小島さんの顔を見ただけで、——いつものように口をすぼめて喋り出そうとするのを見ただけで、その言葉が頭に浮かぶほどなのだ。というより、小島さんは最初からそのことだけしか言わなかった、と言ってもよいくらいだ。ぼくに対して？　いや、そうではない。誰に向かってもそう言う。そう言っているに違いないと思う。なぜなら、それは小島さん自身の問題だからだ。「私」をどう捉えるか、ということが小島さんの文学の中心にある。小島さんはいつもどうやったらこの厄介な「私」をひっとらえることができるかと、寝ても醒めてもそのことばかり考え続けている。そしてまさにその頃が一番苦心していた頃だった。「私」ということを我々の集まりの席（あるユーモアに富んだ我々の仲間の奥さんが、それに「明治村」という絶妙な名前をつけた。小島さんが村長さんというわけだ）でしばしば問題にしたし、それについてのシンポジウムのようなものを開こうと提案したこともあった。だが私に関して言うならば、それにもかかわらず「私」のコースから外れてしまう、ということが問題なのだ。いくらモノワカリの悪い私でも、この頃はちゃんと「私」のコースから球を打ちはじめる。ところが、何べんやってもそれはコースを外れてしまい、「他人」の中にまぎれ込んでしまうのだ。もちろん「黒い海水着」の教訓はいまだにちゃんと残っている。深い印象を受けた現象を分析し、関連のある事物や出来事を再構成して小説を作ろうとする。だがまたしても、「半分まではいいんだが……」という事態になる。じゃあ半分までにしておけばいいのじゃないか。そもそも長く書きすぎるのではないか。十三枚がいいところじゃないのか。ところが小島さんは、長く書け、と言う。短篇はものの摑み方を覚えるのにはいいが、一たん覚えると、マンネリ化するおそれがある。長篇は一つの主題を成熟させ、展開してゆくのによい。長篇は成熟に適している。いくらあざやかなパターンで人生を切ってみても、人生はそのパターンにはならないのだ。

「きみは不思議な人間だ」と小島さんは言う。「何かが欠けているとしか思えない。きみには空白がある。こちらから見ると、その空白がおもしろい。その空白が出るように小説が書けたら――その空白が人物化できたら――傑作ができるんだがなあ」

小島さんはその「傑作」を頭に浮べ、あたかも自分が書くように、楽しそうに言った。もちろん私は「空白」をめざして小説を書いた。「私」を登場させ、行動させ、喋らせ、対話させ、他人に批判させ、笑わせた。

小島さんは首をひねった。

「これでは主人公が空白というより、作者が空白に見えるじゃないか」

「ぼくははじめからどんなことを書いても、一つのことだけは外さなかったものだが……」

「自分を人物化するのはいいが、それがいかにも、これが自分でゴザイというふうな人物化ではだめだ。自分の薄皮を剝がすようにしてゆくのだ。ほとんど自分か人物かわからないところで、薄皮を剝がすようにあらわしてゆく。そのときひりひりと痛みを感ずるようでなければいけない。会話をさせ、他人に批判させて、それで『自分』がわかったなどというアマイ考えではだめだ。たいへん技術のいるむずかしいことだが、それを忘れてはいけない。ぼくなんかも、ときどき忘れることがある。そういうときには作者と主人公が一致してしまう。ああしまったと思って、あとから一言入れたりする。作家の中でも、それができない者もいる。それでも作品が生きる場合もあるが、それは人物化など問題でないほど、言いたいことがいっぱいある場合だ。また完全に人物化をしていて、ぜんぜんつまらない作家もある。それはあまりにもはじめっから人物にしてしまっているからだ。人物が生きるか生きないかは、実に微妙なところにあるのだ」

小島さんはこの頃『別れる理由』を書きはじめていて、しきりに「人物の客観化」、「人物化」ということを口にした。これが日本文学の最大の問題だ、と言った。

ところで私の方は、

「『自分』とは何であるか」

「どうやったら『自分』をとらえることができるか」

を考え続けた。

坐禅をはじめた。

小島さんは言った。

「きみのように悟りのわるい者が坐禅をはじめるとはね」

「かんじんなことは、きみが何に興味を持つかということだ。人間の何にひかれるかということだ」

私は考えたが、いろいろな答が出てきてすぐには答えられなかった。

「ぼくにはきみが、何かというとすぐ『これだ』と決めて飛び出してゆく。そしていろんなことをやって、うまくゆかないと、今度はまた『これだ』と言ってそっちの方へ行く。そういうところがおもしろいね」

もちろん私はそういう小説を書いた。しかし「薄皮を剝がすように」人物像ができてゆくというわけにはゆかなかった。いつのまにか人物の代わりに作者が出てきて右往左往していた。

「中の人物は思い切って泳がせるんだ」と小島さんは言った。「バカなことをさせ、言いたいことを言わせるんだ。きみはまったく逆なことをやっている。『薄皮を剝がすように』というのは、手加減しろということじゃない。だから人物はバカにならない代わりに、作者がバカに見えるようになる。もう何べんも言っているが、きみはしょうこりもなく同じことを繰り返す。自分と作品の中の『私』との関係がわかっていない。いつの間にか自分が『私』になってしまう。この頑固さは何ものかだ。ここには何かがあるね。それはきみの秘密と言ってもいい。その秘密がわかれば——今度はその秘密を逆手にとって小説を書けば——それは今までにない小説になる。そういう可能性を秘めているものだ」

「人物の秘密を書くことですね」

と私は言った。

「またそういうことを言う。きみはすぐわかったつもりになるが、そこがきみのきみたるところだ。『秘密』だけでは勝負にならない。その『秘密』を支えるものが必要だ」

私は視線を宙にさまよわせた。

「アコガレでもいい。怒りでもいい。忘れようとしても忘れられないもの。何が起ろうとも、ぜったい離れないものだ」

私は小島さんがよく怒りをバネにして小説を書くのを思い出した。怒りは小島さんの詩神（ミューズ）の一人と言っても言い過ぎではない。アコガレもそうだ。いつか小島さんに、「夫婦のアコガレのことを書くと心が浮き浮きしてきますね」と言ったら、「本当にそうだねえ」と、しみじみした顔をしたことがあったが、そのとき「ああ、この人はこれがあるから書いているんだな」と思った。前期の小説は「怒り」の時代、後期のは「アコガレ」の時代と分類してもいいくらいなものである。

「あせっちゃいけない。手探りでゆくよりしかたがないんだ。この頃の小説はむずかしくなっている。何を書いたらいいかわからなくなってきている。世の中が複雑になり、多様になり、たいがいなことでは誰も驚かなくなった。姦通だって殺人だって日常茶飯事になった。だから文体を工夫し、うまく掬えるようにして、とりこぼしがないようにそろそろと進んでゆく。年の若い人たちなんかは文体だけで書いている。それが今の世の中に合っているから、それで掬うことができるが、時代が変われればそれまでだ。中に何があるかが、やはり問題なのだ」

「わからないからといって失望することはない。わからないからこそ、書くんだ。そう簡単にわかるようなら、何も小説にすることはない。世間の人間は自分たちにわかるものを書いてもらいたいと思っている。大衆小説や大恋愛小説や冒険小説のようなものを。しかしわかっているものは書く必要がないんだ。身の回りに起こること、自分が興味を持つことを注意深く眺め、薄皮を剥がすように筆でその意味を少しずつあらわにしてゆく。自分が関心を持つ限り、どんなことでも背後には自分の重要な問題が隠されている。そして他人とのわずかな違いにいつも敏感であることだ。他人のやることを注意深く眺め、他人はこうなのに、自分はどうしてこうなのだろうと考える。きみなんかも、もうすっかりぼくの世界の中に入っちゃってるんだよ。ずいぶんきみのことは考えたからね。きみほど他人と違う人間はめずらしいが、きみは十分その違いに気づいていない。だいいちきみはまだきみらしい小説を何一つ書いちゃいない。書きそうになるんだが、いつも途中でオカしくなって終わってしまう。ところがそういうことが大事なことなんだ。なぜオカしくなるのか。そういう微妙なくい違いを大事にする。それが小説のモトだ。他人にわかりそうなカッコいいこと、気分のいいことはどうでもいい。自分にもわからないことをわからせようとする。それには勇気と根気がいる。小説を書くには、精神力、距離のおき方、自分を見つめる力、が必要だ」

小島さんは私をM氏に紹介した。小島さんは以前からM氏に小説を読んでもらって、意見を聞いていた。数学の得意なM氏は、鋭い分析力と透視力で、ときどき原稿用紙の裏側に隠れているものを当てるような言い方をした。自分とは資質の違うM氏が、ひょっとすると私の眼を開かせるかもしれないと、小島さんは思ったのだろう。

まだ世に出る前だったM氏は、くしゃくしゃの帽子をかぶり、合財袋のようなものを持って、勤めているうちに経営コンサルタントのようになってしまった印刷所のガラス戸の中から出てきた。

「あなたの眼はきれいだ」

と言った。

それから、リルケがオスカー・ワイルドに会いに行った話をした。オスカー・ワイルドはリルケを一眼見ると、「そんなきれいな眼をしてどうして文学ができるのか」と言ったという。

「『自分』を書こうなどと思ってはいけない」とMさんは言った。「そんなことを書こうとした作家が今までいましたか。他人を書きなさい。他者によって自己を演繹するしかないんです。自分というのは他者の中に自ら表れるものなのです。何よりも他者を生かそうと考えなければいけない。他者を生かす論理を立てなければいけないんです」

「あなたが見せてくれた小説の中では、他者が死んでいる。それはあなたが他者の論理を否定しているからですよ。他者が『ノー』と言うと、あなたも『ノー』と言う。他者が『ノー』と言ったら、本当はあなたはそれを肯定してやらなければいけない。他者を肯定する論理を立てなければいけない。あなたの小説の中では他者がしばしば滑稽に描かれているが、滑稽なのはあなたの方かもしれないんです。ミシシッピー河を想像しながら多摩川のそばに住む日本の友人を訪ねて来たアメリカ人は、『リヴァー』という言葉の本当の意味を知っていたんです。そう思うときに、日本人の置かれている意味も明らかになってくる」

「小説というものは、書く前に一たんは抽象しなければならない。論理を立てなければいけない。数学で言うと、暗算するんです。今度はそれを紙の上に表して、それが正しいかどうか確かめる。検算です。いくら細かく自己分析をやっても、他者の論理を組み立てても、紙の上で証明されない限り小説ではない。自己と言い、他者といっても、すべては紙の上のことですよ。それは絵がカンバスと絵具の仕事であるのと同じことです」

「小島さんの言うことなど忘れなさい。そりゃ彼はあなたのことをとても心配していますよ。しかし、彼は作家です。彼もいろいろ悩んでいるところです。彼が喋るときには、自分のことを喋っているのか、他人のことを喋っているのか、ほとんどわからないようなものですよ。あなたは彼とはまったく違う。あなたの眼はきれいすぎる」

私は霧が晴れて急に周りの景色が見えたような気持ちになって帰ってきた。しかし小説を書いてみると、やはりたいして変わっていない。

そのうち禅から鈴木大拙を通じてスウェーデンボルグに興味を持ち、眼に見えない世界に惹かれるようになった。

間もなく一年間英国に行くことになり、ロンドンに着くと、その方面の研究では古い歴史を持つ研究所に出入りして暮らした。

帰国してからはそれについてのエッセイばかり書いて、ほとんど小説を書かなかった。

「この頃少しナマケているようだな」と小島さんは、あるとき「明治村」の会合で言った。「心霊研究もいいが、ホドホドにして、小説を書きなさいよ」

周りにいた同僚たちも口々に同じようなことを言った。

「心霊研究はやめませんよ」私は強気で言った。「小説の方はやめるかもしれませんが」

心霊研究についていろいろやりとりがあった。誰もが懐疑的であることは確かだった。

「小説を書こうとしながら、きみはだんだん横道へそれてゆく。これはいったいどういうわけかね。ぼくにはとても興味のあることだが」と小島さんは言った。「最初は玄米食。それから坐禅。その次に心霊研究。だんだん精神的になってゆき……」

そう言いかけて小島さんは口をつぐんだ。「精神的」という言葉が思いがけずに出てきて、その意味を考えているかのようだった。

「心霊研究をやって一つ変わってきたと思うことは、一生という短い単位ではなく、とてつもなく長い生の連続の中で文学を眺めるようになったことです。文学もまたそういう長い生のときたま表す一つの姿にすぎないと思うようになりました。いろいろな条件があって、そういう姿をとるのであって、その条件を決めるのは、ほとんど人間の力を超えたあるものです。その点では文学も人間の他の営みと同じもので、それがとくにすばらしいとか、他よりも能力があるとか、広いとか深いとかいうことはないと思います。文学が何かを作り、何かを人生に与えると思うのは思い上がりです。どこか遥かな、見通すこともできない地点へ向かって流れてゆく生命の一部となり、そのリズムとなり音楽となることができたらそれでいいのではないかと思います」

「そんなことは決まっているさ。書きたけりゃ書いたらいい。ただそれだけのことだよ。小説書かなくたって、三浦さんは三浦さん。誰もみんなソンケイしてますよ」

小島さんは笑った。

「ぼくたちはそんなことを言ってるんじゃない。あなたの思想のことを言ってるんじゃない。あなたという人間のことをいろいろ考えているんだよ。多少は酒の肴にしているようなところはあるけどね。あなたは頭で考えて、こうだ、と思うと、そっちへ行ってしまう。今のあなたの言葉なんかも、とってもおもしろいよ。あなたは真剣で、そこがいいとこなんだが、みんなはウサンくさい眼で眺めている。あなたは本当は信じちゃいない。そうでしょう。頭で考えて信じているような気になっているが、信じちゃいない。いや、半分ぐらいは信じているかな」

「信じてますよ」私も負けずに言い返した。「小島さんは人の気持ちがすべてわかったようなことを言うけれど、思い違いしていることも多いんですよ。思い違いというよりか、思い込んじゃってるんです。自分で想像して楽しんでるんです。一ぺん想像しはじめると、際限なくなるんですよ。昔ぼくが小島さんの家に厄介になっていたときに、ある女から電話がかかってきたら、そのあとぼくがリビングルームへ出てゆくと、小島さんは、三浦さん淋しいでしょう、会いに行きたいでしょう、行ってらっしゃい、としきりに言いましたね。本当は、淋しかったのは小島さんで、ぼくは腹がへって何か食べたいと思って出ていっただけなんですよ。そういうことは何度もありましたよ。小島さんは、きみには空白があるとか、きみはすぐ『ワカッタ』と叫んで駆け出すとか、絶えず出かけて行って何かをやり、思いがけないところで勘違いに気づくとか、そういうことがぼくの小説の主題だとか言いましたが、本当にそうだろうかとこの頃思うようになったんです。いや、それが間違いだとは思いませんよ。しかし、ちょっと違うんじゃないか。その先か、その前に、何かがあるんじゃないか。つまり照準が合ってないんじゃないか。そう思うようになったんです。人のことは本当はわからない。同じ言葉も自分の舌で確かめてみるまではわからない。いくら小島さんでも、いや、小島さんだからこそ、かえって狂いが大きいということだってあるんじゃないですか」

「これはたいへんなことになったぞ」

小島さんは額に手を当て、下を向いてつぶやいた。おどけた調子ではあったが、眼は笑っていなかった。こんな様子の小島さんを見たのははじめてだった。

「飛躍しちゃダメだよ」

小島さんはすぐに平静をとりもどして、やさしい声で言った。

「日常生活を相手にするのが文学というものなんだ。身の回りのつまらないこと——あの人はいくらもらっているのに自分はいくらしかもらっていないとか、あの人はそばまで来たのに声をかけないで行ってしまったとか、そんなつまらないことと付き合ってゆくのが文学なんだ。そういうことしか手がかりになることはない。いきなり空高く飛び上がろうとしたってダメだ。見えない世界のことは、見える世界を通してしか摑めない。それが小説作りの宿命だ。きみがもう小説を書かないというならそれもよいが、これからも書くつもりがあるなら――いや、ぼくは断言してもいいが、きみが小説を書かなくなることはないと思うね――それならきみは、まず自分を眺めなけりゃならない。霊界じゃない。自分自身だ。それがぼくがいままで口をすっぱくして言ってきたことだし、きみがどうとろうと、ぼくは間違ったことを言ったつもりはないね」

小島信夫の文体・覚え書――「アメリカン・スクール」から「返照」を経て

私が小島さんにはじめて会ったのは昭和三十二年の夏、小島さんがロックフェラー財団の招きでアメリカのアイオワ大学に来たときのことだった。小島さんは芥川賞をもらって間もない頃で、四十代のはじめだった。町に買い物に行ったとき一緒に若者向きのセーターを買いながら、「まだぼくも青春ですよ」と言った、照れたような顔が記憶に残っている。

アイオワ大学にはポール・イングルという名物教授がはじめた創作教室があり、アメリカばかりでなく海外からも文学者や文学志望者たちが来ていた。私は詩の創作教室の学生だった。ある日ポール・イングルの家に招かれて行くと、小島さんが来ていた（この出会いについては、私は福武書店刊『摩天楼のインディアン』の中の「とうもろこし畑の詩人たち」の中に書いている）。小島さんは二十万坪のキャンパスに付属物のようについている町に下宿していた二、三ヶ月の間、キャンパス内の男子寮に住んでいる私の部屋を毎日のように訪ねて来た。授業が終わって帰ると、暗くなりかかった部屋に電気も点けず、窓際の椅子に坐って本を拡げ、煙草をくゆらせながら、私の帰るのを待っている小島さんの姿を発見することも何度かあった。

アイオワ滞在中の小島さんの仕事の一つは芥川賞作品である「アメリカン・スクール」を翻訳して出版することだった。これは小島さんの希望というより、ポール・イングルの奨めだったと思う。イングル教授は、ときには相手の思惑には頓着せずに他人の面倒を積極的にみるというアメリカ的特質を十分に備えた人物で、その積極性が彼の創作教室を全米のみならず世界的に有名にした。小島さんの出世作を翻訳させ、『マドモワゼル』とか『コスモポリタン』などの雑誌に売り込もうとしたのだと思う。彼は海外文学の翻訳に積極的で、日本の詩のアンソロジーを*Poetry*誌から出したばかりだった。日本人二世で童話のようなものを書いていた女性を小島さんに紹介して、「アメリカン・スクール」を翻訳させた。

ところが、これがどうもうまくゆかなかった。翻訳（部分訳だったかもしれない）を読んでポール・イングルが頭を縦に振らなかったのか、助手に読ませていい返事が返ってこなかったのかしらないが、小島さんは浮かぬ顔をしていた。翻訳しにくいところとして、たとえば、主人公の伊佐がアメリカン・スクールに辿り着く前に、借りた靴による靴擦れの痛さに耐えかねて裸足になるところがある。このとき伊佐は、自動車のタイヤだって裸足みたいなものだ、と思う。ろくな靴さえ履けない戦後の日本人が「自動車」というアメリカ文明の先端商品にたいして抱く複雑な心の揺れを表す言葉だが、これを言葉通りに英語にすると意味不明になる。「タイヤは裸だ」にしろ「自動車が裸足だ」にしろ、英語として日常的でないから理解するのに時間がかかる（詩にはいいかもしれない）。ましてそこから伊佐のコンプレックスまで想像するのは困難である。そういう箇所が「アメリカン・スクール」にはあちこちあったらしい。翻訳者の二世女性は童話向けのごくわかりやすい英語を書く人だったらしく、日本語独特のニュアンスを表現するには向いていなかったのだろう。だいたいアメリカ人は――アメリカ風教育を受けた人は、と言うべきかもしれないが――翻訳などでもアメリカ式表現に変えてしまって恬然（てんぜん）としているところがある。日本人二世だからといってこの女性が日本人の気持ちがわかっていたとは言えないだろうし、ことに「アメリカン・スクール」に横溢する終戦直後の日本人のアメリカ人に対する劣等感はわかりにくかったろう。わかりたくなかったかもしれない。この女性には気の毒だった。ポール・イングルも「コジマは何か不満があるのだろうか」と気にしていた。なんと答えたか覚えていないが、日本人とはこんなものですよ、ぐらいのことを言ったかもしれない。

私は小島さんからもらった単行本の『アメリカン・スクール』を読んでみて、主人公伊佐がアメリカン・スクールへ行く途中、今にも逃げだしたいと思っている様子や、いつも自分が恥ずかしくてしかたがないという気持ちで暮らしているらしい姿に、自分のアメリカに対するコンプレックスを重ねて共感しながらも、アメリカに長年住んでアメリカ人たちの実体を知るようになった身としては大いに不満だった。その頃は私自身半分アメリカ人みたいな気持ちで暮らしていたので、小島さんに対してずけずけ批判の言葉を述べた記憶がある（もう五十年近くも前のことだからはっきり覚えてはいないが）。小島さんは決して反論せず、本心からもっともだという顔で何度もうなずきながら聴いていた。それでこっちは調子に乗って喋ったに違いない。小島さんは相手の言うことを非常によく聴く人で、喋る方がついいい気になる。私などはその頃「相手の言うことの裏を考えない」というアメリカ方式に忠実だったので、大いにいい気になったと思う。ところが小島さんは相手の話を聴きながら（話の後でかもしれないが）それを上回ることを考えて、喋った人間はいつか思い知ることになる。私が日本に帰ってから形勢はまったく逆転した。当たり前な話だが。

「アメリカン・スクール」に戻ろう。

アイオワで一緒にいた小島さんは、作中の主人公伊佐とは大いに違っていた。すでに結婚し、子供も二人いて、戦後の苦しい生活を生き延びてきたばかりでなく、兵卒として北支で戦った経験もある。私のように、日本の大学を中退し、アメリカでも学生生活しかしてこなかった人間とは人生経験の厚みが違った（年齢も十五歳の差がある）。しかし「アメリカン・スクール」の伊佐からは、小島さんの地面を這ってでも苦しさに耐える生活者の厚みは感じられない。あれほど生きることを恥ずかしがっている伊佐だが、それをはねのける勇気のようなものは伝わってこなかった。小島さんにはそれがある。彼は伊佐よりももっとしたたかな人間だ。私が出会った最もしたたかな人間と言っていいかもしれない（「とうもろこし畑の詩人たち」の中にはそういう小島さんの姿が描かれている。多少デフォルメしてはあるが）。そういうことも「アメリカン・スクール」に対する不満の一つだった。

もう一つ私が引っかかったのは「ウィリアム」というアメリカン・スクールの校長だった。伊佐たちがヘマをして教室で騒ぎになると、声を張り上げて日本人たちをゴミくずのように追い払おうとする。確かに戦後の日本人はアメリカ人を征服者として恐れていて、その気持ちが作品の結末にストレートに出ていた。私は小島さんに、アメリカ人はこんなわからず屋じゃありませんよ、いくら相手が敗戦国の人間でも、もっと紳士的に扱いますよ。顔をしかめたり皮肉な冗談ぐらいは言うかもしれませんが、かえって戦勝国民の余裕を見せ、大目に見るぐらいのことはするでしょう、というようなことを言った（と今は思っている）。これは私がアメリカで会ったアメリカ人たちから得た経験を通じて言ったことだが、今「アメリカン・スクール」を拾い読みしてみてもやはり不自然な感じを受ける。新たに発見したのは、女教員が足を滑らせて倒れているのに、ウィリアム校長がぜんぜん関心を示さない点だ。

小島さんはこのときもまったくその通りですという顔で相づちを打った。相手の側に立って見るということが小説では非常に重要なのだが、ついうっかりしてしまうのだと言った（五十年も前のことなので正確ではないかもしれないが、いちいち断るのは煩わしいので、これから後は断定的に書くことにする）。「アメリカン・スクール」は一応三人称の主人公で書かれているが、一人称と言っていいくらい主人公伊佐の気持ちが作品を支配している。それまでの小島さんの作品でも、「燕京大学部隊」にしろ「星」にしろ、「小銃」、「馬」、『夜と昼の鎖』なども、私小説ではないが主人公の感情が実によくにじみ出ている。学生時代に書いた「裸木」以来の傾向だが、「燕京大学部隊」の花、「星」の襟章、「小銃」の銃、などのように、ものの扱い方に一風変わった斬新さがあり、主人公または作者の屈折した気持ちがそれによってよく伝わってくる。「小銃」などは銃が主人公の気持ちそのものとさえ言える。小島さんは「自分」に強くこだわるところがあり、それを私小説家的資質というならば、彼はまさしく私小説作家なのだ。「アメリカン・スクール」の頃までずっと一人称かそれに近い視点で世界を見てきて、これからどうしたらいいか考えざるを得ない時期に来ていた作家にとっては、アメリカでの他者の体験と、それをどう作品の中に取り入れてゆくかということ、つまり「相手の側に立って見る」ということは、切実な問題だったろうと思う。これを批評家風に言えば「自己の客観化」である。「自分をありのままに見ること」と言ってもいい。作者に近い主人公を作者の都合のいい色に染めるのではなく、それまで作者自身が気がつかなかった要素を発見して、それを人物に投影するのである。これはそう容易なことではない。自分（主人公）を周りの人間と平等な立場に立たせなければならない。相対化しなければならない。

またか、と読者は思うかもしれない。「自己の客観化」とか「相対化」というのは一時耳にタコができるほど聞かされて、今では言い出す者もないほどである。ここで文学史を紐解く余裕はないし、大部分忘れてしまったが、大雑把なことを言うと、今言ったようなことが文学上の大きな問題になったのは戦後間もなくのことだった。戦前に小林秀雄が書いた『私小説論』についての論議が戦後にぶり返され、中村光夫、江藤淳などが私小説を批判し、欧米風の客観小説（いちがいに「欧米風」と言いかねるところもあるが）を待望する流れの中で言われてきたものだ。今はどうなっているのだろう。まともに私小説を論じる人間などいなくなったのではなかろうか。私の記憶に残っているのは、昭和五十年頃に後藤明生氏が「複眼」ということを言い出し、多様な視点の重要さについて語っていたことだが、彼は小島さんとは長い付き合いがあるので、おそらくその影響を受けて言っているのだろうと私は思っていた。

昭和五十年頃というと、私は小島さんと同じ明治大学工学部の英語の教師として、生田の山に建つ九階建ての建物の四階に研究室を持ち、同じフロアーの小島さんの部屋に一週間に二、三回出入りしていた。もちろん、会えば小説の話である。多少の世間話を除いて、小島さんは小説の話か、小説になりそうな話しかしない。よく飽きずにいつもそのことばかり考えていられるものだと感心するほどである。その頃は私が書いた小説の原稿を同僚たちが回し読みし、みんなで批評し合うということをよくやった。これも小島さんの発案である。小島さんは私と二人だけのときに「〈自分〉をどうするかということが日本の小説家の最大の問題だよ」と言ったことがある。批評家たちが言うように、個人の社会化がどうの小説の社会性がどうのということの前に、「自分」ということの厄介な存在をどうやって捉えるかということが大きな悩みだと言うのだ。「自分とは何かということを書くのが小説というものだ」と、このごく当たり前ともいうべきことを小島さんは何度も私に繰り返した。「ただし」と彼は付け加える。ここが小島さんらしいところだ。「私はこういうものでございます、という風に書いてはダメなんだ。そう書いた瞬間に、それは私ではなくなる。本当の私というのはわからない。わかってしまったら書く必要はない。わからないから書く。一枚、一枚、自分の薄皮を剝がすように書く。それは本当に微妙なものだよ、三浦くん。わかったと思ったら、それで終わりだ。だが、しょっちゅう間違える」

九十歳になる今まで小島さんが延々と書き続けている理由はそれ以外にない。自分というものがまだわかっていないからである。これには人生という時間の問題も絡んでいることは確かだが、それを今考えている余裕はない。とにかく周りがなんと言おうと、依然として小島さんは自分の薄皮を剝がし続けているのである。

つい話が飛んだが、昭和三十五年頃、小島さんは（小説の中で）「自分」をどうするかということで悩んでいた。「相手の側に立って見る」ということはそのときすでに彼の念頭にあった。だから「アメリカン・スクール」のウィリアム校長がアメリカ人らしくないと言われたときに、大いに相づちを打ったのだ。だれもが体験することだが、外国で生活することほど他者の存在を意識し、自分および自分が暮らしてきた文化を見直そうとする機会はない。小島さんにとってもアメリカでの一年間はそうだったに違いない。帰国して間もなく『中央公論』に書いた「広い夏」や『異郷の道化師』として刊行された小説集の中の短篇には、異国体験を通じて戸惑う自分の姿が描かれている。（たまたま『小島信夫全集』第五巻を開いてみたら、「解説をかねた《あとがき》」の中にこう書いてあった。まさにお誂え向きの内容なので、少々長いが引用する）

この一冊（『異郷の道化師』）におさめてあるものは、相手側を立ててじっと眺めながら、あまり文句もいわずに仕方なくアイマイに暮しているようなことが書かれている。いいたいことがあるはずなのだが、それを主張するためには言葉も非常にうまくしゃべれなければならず、第一向うのことだって分っているとはいえない。ここで文句をいえば、結局手前勝手といわねばならない。それに何といったって先方の国の金で滞在している。おまけに広島や長崎を原爆でやられているが、真珠湾攻撃をしかけたのはこちらだ。百万言費したとしたって折合いがつくわけには行かない。私がこんなことをいうと、何度もアメリカへ行っている佐伯彰一くんや、もっと若い人や、私とはまったく人柄の違う人は、それは君の個人的問題ですよ、というかもしれない。そういわれればそうかもしれない。今となると一層そうかもしれぬ、と私は考える傾向がある。何しろ「アメリカン・スクール」を書いたような私という人間だから、そうなるのも当り前で、ある意味では自業自得だ、と厳しく考えることも可能である。今にして思えば、福田さん（福田恆存）が私の「アメリカン・スクール」をよく読まれたか、その筋だけを誰かにきかれたか、あるいは私のよせばよいのに書きとめておいた「あとがき」を読んで、私が「カマトト」ぶりを発揮して世におもね、日本の文壇の私小説的雰囲気に乗じ、恬としているととられた次第が非常によく、掌にあるものを見るが如く分る気がする。

「アメリカン・スクール」を自分の異国体験を通じて眺めてみると、主人公伊佐の極端な羞恥心を福田恆存から「カマトト」と言われたことの理由が「掌にあるものを見るが如く分る気がする」と言っている。はじめにある「相手側を立ててじっと眺めながら」という言葉は、小島さんには最初から相手に寄り添おうとする姿勢があったということを示していて興味深い。この引用文のもうすこし先に行くと、次のような言葉に出会う。

アメリカを題材にしたものは、いわばスケッチに過ぎない。〔……〕冴えないようだが自分にとってはこれはこれなりに大事なものであるかに思える。一年も外国にいてその結果がこんなことではお恥かしいことだが物の考え方、捉え方の変化が行われつつあったことは、自分でも認めたいものがあった。これは私個人に関することで、「私」の周囲を書き、そうして時には「私」は今まで通りの生き方をしていると見せかけて〔……〕それは色々な見方にさらされる方がいいというふうになっているように思われる。

アメリカ体験をくぐり抜けて小島さんが本格的に「自分」と向き合おうとしたのは、私の考えでは「返照」である。これが雑誌に出たときに早速読んで、私は、小島さんが身の回りのことをあまりに赤裸々に書いているので、おや、と思った。今までこんなふうに自分の生活に直接向き合って書いたものはない。「微笑」のように、「自分」と誰か他の者（息子）との関係の中で「自分」の心情を書いたものはあるが、「返照」では「自分」そのものをまな板の上に乗せている。「微笑」には「自分」を戯画化する余裕があるが、「返照」ではそんな余裕などどうでもいいとばかりに自分に肉薄する。これは小島さんが奥さんを亡くして間もなくの混乱した家庭を描いた小品だが、代表作の一つである『抱擁家族』に繋がる、いわば『抱擁家族』のスケッチとでもいうべき、それ以後の小島さんの作風を示す転換点となった重要な作品だと思う。

この中にはやがて『抱擁家族』で「山岸」と呼ばれる同居の青年が、「H」という名で出ていて、主人公の「私」を批判したり、ずけずけと意見を言ったりし、「私」はいちいちそれに反発する。「私」の行動や言葉が「H」との間に反応し合うので「返照」というタイトルになったのだろうと私は推察した。小島さんから聞いたところでは、はじめは別なタイトルだったが、担当の編集者（多分『群像』の徳島さん）が言い出して、それに決めたのだという。

ところで、「H」という青年は私がモデルになっているのである（私はこんなに喋った覚えはなく、「H」は多分に小島さん自身の投影であるが）。私は昭和三十七年に帰国してから小島さんの世話で明治大学工学部の英語教員になったが、翌年の夏から、奥さんを亡くしたばかりの小島さんの家に居候することになった。小島さんの話では、残った家族（小島さんの他に息子さんと娘さん）が顔を合わせるとみんな落ち込むので、だれか他人が入った方がいい、三浦君はアメリカ人のように、人は人、自分は自分と、周りとは関係ない顔をしているのでちょうどいいんだ、ということだった。私は東北沢のアパートから移ってきたが、いつまた帰ってもらうかわからないからアパートはそのままにしておくようにと言われ、空いたアパートには小島さんが小説を書くために弁当を持っていったり、息子さんが家族からの息抜きに泊まりに行ったりした。国立の家では食事は小島さんが作り、私は後片づけを手伝い、暇があると二階の息子さんの部屋で小説を書いた。私はアメリカではアイオワ大学の詩の教室で詩を書いていて、詩の批評にも興味を持ち、日本に帰ったら日本語の詩を書き、詩論も書きたいと思っていたのだが、小島さんと毎晩リビングルームの真ん中であぐらをかいて焼肉を食べたり酒を飲んだりしながら小説についての小島さんの話を聞き、小説が他のジャンルの文学よりいかにすぐれているかということを聴いているうちに、どうしても小説を書かなければならない気持ちになってきたのである。小島さんほど小説の可能性を信じ、それに賭けているばかりでなく、人にも書かせようとする人間は珍しいだろう。

話はまた元に戻る。「返照」では主人公と「H」との対話が作品を作っていく。対話は主人公を相対化し、対話する相手が主人公にたいして手厳しければ手厳しいほど主人公の姿が鮮明になってゆく。もっとも、わざとらしい手厳しさは空転するだけだが、ここでも小島流の「薄皮を剝がす」ような慎重さが必要である。この頃小島さんは私に「小説というものは人物と人物との押しくらまんじゅうでできるものだ。どっちかが押し勝つというのでは小説にならない。押し合うところに小説のおもしろさがある」と言っていた。それで思い出すことがある。後藤明生さんがその頃（「笑い地獄」を書いていた頃）雑誌に発表した作品を小島さんが読んで、「主人公が相手から言われっぱなしというのはおかしい。後藤はそんな男ではない。言われたら何倍にでもして言い返すのに」と笑っていた。後藤さんは私よりも前から小島さんとの付き合いがあり、まあ「弟子」の一人と言ってもいい人だった。私も小島さんから何かの酒の席で「お前はおれの弟子じゃないか」と言われたことがある。その頃は小島さんが「兄貴」か何かのような気がしていたので「ぼくは弟子なんかじゃありませんよ」と言い返した覚えがあるが、「弟子」じゃなければ何だろうと思うと、古い言い方にちょっと抵抗はあるが、「弟子」に違いなかろうと思う。しかも一番世話をかけた「弟子」かもしれない。

また脱線したが、こんな話をしているときりがない。そろそろやめることにするが、私が言いたいのはこういうことだ。「返照」の頃から小島さんの文体は変わっていった。書く照準は「自分」にぴったりと向けられ、「自分」と登場人物ばかりでなく、書かれる事件やものとの間の対話が重視されるようになり、それはやがて『菅野満子の手紙』あたりになると「ひびき」という言葉が出てきて、オーケストラのように作中人物間の声が響き合うようになってゆく（その本をちょっと覗いてみたら、「合唱」という言葉が出ていた。「ひびき」という言葉ももちろんあった）。小島さんはそのオーケストラを操る指揮者で、自由自在に（ときには不器用に、そして不器用さを楽しむように）いろいろな楽器を鳴らしてみせる。これは私小説が行き着いたひとつの地平であろうと思う。

今思えば「返照」のあたりから小島さんはしきりに「私小説」の性格と可能性を探ろうとしていて、小島さんを別格の会員とするわれわれ語学教師の集まりである「二十世紀文学研究会」では、明大生田の英語教員が中心となって何回か泊まりがけの会合を持ち、私小説について語り合った。どうどうめぐりのように思えることもあったが、小島さんは会員たちの言葉の中から何かを自分の糧として摂取していったのだろう。そうして（この会は一つの例にすぎないが）、着実に私小説の地平を拡げていったのである。戦後の批評家たちが描いていた西欧風な客観小説ではなく、あくまでも日本的な「私」の伝統を受け継いで、そこに人物の相対化という新しい試みを、人物たちのみならずあらゆるものと作者との対話によって行い、縦横に会話の響き合う無限にして微妙な世界を造っていったのである。

――最後はちょっときれいにまとまりすぎたかもしれない。小島さんの世界ほど、まとまりを嫌うものはあるまい。これもあるとき小島さんに言われたことだが、「結論が出そうになったら、消しておくんだ。結論は小説（著者の考え）を狭くする。人生に結論などない」。今まで引用した小島さんの言葉、「自分の相対化」とか「対話」とか「ひびき」とか「合唱」とかいうキーワードも、しめた、これだ、と思ったとたんに、小島さんなら、それの持つ矛盾や問題点を考えながら「消して」ゆくだろう。いや、喜び勇んでそれらをまた彼の「合唱」に引きずり込み、世界（作品）は再び混沌としてくるだろう。だが、心配することはない。彼はこうも言っているのだ。「どこかで終わらせなければならないことも確かだ」。

小島さん、済みませんでした

読書、または本について何か書くことはないかと言われると、後ろめたい気持ちになる。本についての愛情のこもった読書論などを読むたびに、おれなど到底こういうものは書けないと、うらやましく、また情けなくなるのだ。この頃は年のせいか、居直って、どうせ人間の書くものなどはその人間の枠から出られないものなのだから、本を崇めたり恐れ入ったりすることはない。本に書かれたことを信じたらろくなことはない。結局、最後は自分自身の考えが問題なんだ、などとうそぶくこともある。こういう考えを仏教の方では何とかの「外道」というらしいが……

今回も執筆の依頼書を読んでいて、やれやれ、困ったな、と思ったが、「読書アンケート」の項目の中に「貸したまま、まだ返してもらっていない悔しい本はありますか、あるいは返し忘れている本は」というのがあって、ああ、これだ、これだ、これなら書けそうだ、と思った。本についての話でなく、本にまつわる話である。

頭に浮かんだのは、亡くなった小島信夫さんのことだ。

小島信夫さんは私の小説の師匠と言っていい人である。知らない人も多いと思うが、『別れる理由』という、やたらに長い、読んでいるうちにわけがわからなくなる小説を書いて世間の評判になり、その後「なんとかの理由」という言い方が流行ったと言えば、思い出す方もいるかもしれない。そのわからなさ加減も含めて、今でも一部の文学者たちにはカリスマ的な人気がある。

私も彼を「師匠」と言うからには、そのわからなさに惹かれたのだろうと思われるだろうが、全然そういうことはなかった。私にはよくわかることしか言わなかった。例えば「自分を書け」とか、「人間のおもしろいところを書け」とか。まあ、こういう言い方もわかりにくいと言えば言えるし、実際その通りに「自分」のことや「おもしろい」ことを書いても、なかなか小説にならなかったことは確かである。それにしても、彼の小説よりも、彼が言うことの方がずっとわかりやすかったことは間違いない。このことはこれから書こうとすることと関係があるかもしれない。

小島さんは非常な読書家だった。いわゆる「本の虫」というタイプではなかったが、旺盛な好奇心と読書欲に任せて何でも読んだ。「何でも」といっても好みのものだが、その「好み」の範囲が広かった。また人が「面白い」というとすぐに興味を持った。私は原田常治の『古代日本正史』を話題にしたことがあるが、貸してほしいと言われるので貸したところすぐに読んで、「面白いねえ」と言った。この本は「とんでも本」と言われるもので、古代史の専門家の中では異端本と思われている。私はこれによって、古代の出雲、大和、日向の各王朝間の関係がすっきりわかった気がしたので面白かったのだが、小島さんはさすがに専門外のことには触れなかった。「どんなことにも興味を持つ」一例として挙げておく。

もう一つ、よく記憶に残っているのは、ヘレーン・ハンフの『チャリング・クロス街八十四番地』を彼に薦めたことだ。私は江藤淳がどこかでそれについて書いているのを読んで、面白そうだと思って原書を買ってきて読んだ。これは、古書を愛するアメリカ人女性が、ロンドンのチャリング・クロス街にある古書店に古書を注文して買い続ける話である。ちょうど前の大戦が終わった直後の話で、英国ではまだ食料の配給制度が続き、食べるものに事欠くので、注文主のヘレーンが書店員に何度も生卵を送ってやったりする。そういうエピソードを通して本を愛する者たち同士の心の繋がりが伝わってくる。

小島さんはいっぺんにこの本の虜になった。そう断言できるのは、彼はその後いろいろなところにこの本について書いたからである。どんなことを書いたか、はっきり覚えてはいないが、いかにも小島さんらしく本をいたわり、本に書かれていたことを指で撫でるような愛情で書いていた。そして、まるで自分がこの本を発見したかのように、私が紹介したことも、もとは江藤淳氏がどこかで書いていたということも、無視したのか忘れたかして書いていた。おまけに当の江藤氏と会ったときに、自分がどこかで見つけたような調子で話をしたということを、私は何かで読んだ。

それほど小島さんはその本に夢中になった。その面白さに我を忘れた小島さんは、私のことも江藤淳氏のことも忘れたのである。確かに、その面白さは小島信夫自身が発見したもので、江藤氏や私から得たものではない。

その上彼はその本を私に返すことも忘れた。

今回の話の主題はこれである。

小島さんは本を借りても返さなかった、あるいは、返すのを忘れた。

私はこのことをある短篇の中で実名で書いた。そこで、一悶着起こった。

私がそのことを書く気になったのは、大学の同僚の一人が、小島さんに本を貸しても返してくれないとこぼすのを聞いたからである。ああ、他にも被害者がいるんだ、という安心感から、それならおれだけの問題ではなさそうだから書いてもいいだろうと思ったのである。

その短篇は『文学空間』に載せたので、出版後の合評会で取り上げられた。その席に小島さんがいた。小島さんは最長老であり、その意見はまとめのような役割をしていたので、誰もが傾聴した。

「ぼくのことが書いてあるが……」

と、いつもの穏やかな調子ではじめたが、いつもの人を半分からかうユーモラスな調子にはならなかった。

「ぼくがいつも言っていることを三浦君はまだ理解していない。ぼくはぼくなりの深い理由があって言ったり、書いたり、しているんだ。それがよくわかっていないからこんなことを書く」

私の作品について話しているのだが、どうしても「本を返さない」ということに話が落ちていく。

私は、おや、と思った。気軽に書いたつもりなので、小島さんなら、

「そうか、うっかりしていた。忙しいものだから、つい、忘れてしまうんだ」

ぐらいで済ましてくれると思っていたのだ。それが、私の作品評と結びついて、作家として考えが足りないのでこんなことでお茶を濁す、と厳しい話になった。

小島さんの発言はなかなか終わらなかった。むしろだんだん激しくなり、咳き込むような調子で喋るようになり、顔までが真っ赤になった。会場はちょっと異様な雰囲気になってきた。

「謝んなさいよ」

列席者の中には、じっとしていられないという様子で、私にしきりに手振り目配せして、早く謝れ、と言う人もいた。

しかし私は謝らなかった。その場を収めるためには謝ればよかったのだろうが、謝ろうという気は全然起こらなかった。自分が悪いことをしたという気はまったくないし、むしろ目の前で何かおかしなことが起こっているという感じで、小島さんが唾を飛ばしながら顔を真っ赤にしているのを眺めていた。なんとなく懐かしいものを眺めているような気さえしていたのだ。

その場の雰囲気を変えたのは詩人の木島始さんだった。

「小島さん、ぼくは別に三浦さんの肩を持つわけではありませんが、あなたの言っていることはおかしいですよ……」

と言いはじめた。

「あなたはお書きになる小説の中で、実名で人物を登場させていろいろ言わせてるじゃないですか。ぼくの名前も出しておられますね。たいへん迷惑しています。ぼくだけじゃありません、他の人たちもそう言っているのを聞いたことがありますよ。三浦さんがその真似をしたからといって、怒ることはないじゃありませんか」

小島さんは一瞬、言葉に詰まった。それとこれとでは話が違うと言ったように思えるが、しどろもどろで言葉にならなかった。いきなり闇夜に匕首が閃いたという感じだったろう。

その後で驚くことが起こった。小島さんが立ったまま泣き出したのだ。

「ぼくは悪い人間です」（これははっきり覚えている）

と言いながら、眼鏡を外して何度も眼を拭った。この場をどうしたらいいのか、ご本人も収拾がつかない様子だった。

今度は周り中が驚いた。

「まあ、まあ、小島さん……」

誰かがそばまで行って、肩を抱いて席に座らせたように思うが、はっきりは覚えていない。女性の会員だったかもしれない。幹事が気を利かせて閉会を宣言した。私の作品が最後だったので、やっと終わったという感じで、みんなほっとした様子で話しはじめる。その後、何事もなかったかのように次の忘年会の会場に移っていった。

ついでだから言うと、忘年会のレストランでは私が飛び入りでシャンソンを歌い、小島さんも笑顔で聴いていた。そのシャンソン「パリ祭」は、私が小島さんの家に寄宿していたときに、お客が来たときなど、小島さんに言われて歌っていたものだ。

「どうして謝らなかったろう」

その後、あのときのことを思い出すたびに私は思った。確かに、借りた本を返さないということを、名指しで活字にして公表するのは軽率な行為だと言われても仕方がない。しかも相手の小島さんは私にとっては師匠格の人物で、社会的にもよく知られた作家である。師匠の顔に泥、とまで言わないにしても、たとえ薄墨であっても、塗るような行為は厳に慎むべきだろう。

小島さんなら許してくれるだろう、それどころか一緒に楽しんでくれるだろう、という期待感がどこかにあったように思う。甘えである。しかし、甘えがあったとしても、大勢の人の前であれだけ手厳しく言われたら、その甘えも木っ端微塵となり、申し訳ないと思うはずなのに、むしろそう言われるのを楽しみながら小島さんの顔を懐かしいものでも見るように眺めるだけで、一言の詫びも言わず、後で当の小島さんの前でシャンソンを歌っているというのは、どういう心理状態なのだろう。

後藤明生という作家がいた。この人は私より何年も前から小島さんと親しくしていて、私にとっては兄弟子と言ってもいい立場にあった人だが、あるとき私と小島さんの話をしていて、こんなことを言った。

「あの人は軍隊で言えば伍長だよな。きびしいよな」

私はピンと来なかったので、適当なことを言ってお茶を濁したが、小島さんがきびしいと思ったことは一度もない。奥さんが亡くなったばかりの彼の家に寄宿していたときは、彼が買い物をしてきて御飯を作り、絨毯の上で七輪に火を起こし、肉を焼いて食べさせてくれた。その後は酒を飲みながら延々と文学の話で、アメリカの大学を出たばかりで日本の文学事情など何も知らない私は、適当に相づちを打って、ときどき居眠りした。それでも彼は怒らなかった。「三浦君はよく居眠りする」と、面白そうに人に話していた。

もう一つ似たようなことを挙げると、やはり寄宿していた頃だが、小説を書けと言われるので、それらしきものを書いて渡したことがある。私の目の前で読みながら、小島さんは笑い声を洩らした。私が、

「面白いでしょう」

と言うと、原稿から眼を上げて私を見て、

「ああ、面白い。そういうきみが面白い」

と言った。

小説が何かわからなかった頃の話である。

後藤明生の場合は、彼の作品が芥川賞候補になりながら、なかなか賞がもらえず、先に私がもらったものだから、小島さんに不満をぶつけた。二人の間が一時険悪になり、小島さんも厳しいことを言ったようだ。彼の書くものは「薹(とう)が立っている」という小島さんの評だったが、後藤さんには小島さんがなんとかしてくれるのではないかという甘えがあったのだろう。それにしても、そんなことで不満をぶつけるというのは、いかにも後藤さんらしく、「伍長」殿の叱責は甘受しなければならないところだったろう。

同じ弟子同士でも小島さんに対する受け取り方が違うということを言うつもりだったが、それでは私の小島さんに対するこの特別の「甘え」または「親しみ」はどこから来ているのだろう。

その疑問が「腑に落ちた」と思ったことがあった。

読者には縁のないことかもしれないが、私は四十年ほど前から「心霊研究」という、霊についてのことをいろいろ調べる勉強をしていて、小島さんに「心霊研究をやりますから、しばらく小説は書きません」と言って、叱られたこともある。勉強の過程で知り合った霊能者が盛岡にいて、少し前までは毎年のように会いに行っていた。その人がお弟子さんを使って交霊をするのだが、なかなかおもしろい結果が出る。

(交霊会について説明したり、どうしてそれを信用するのかという話になると、長々と書かなければならず、この文章の主意から外れるので、ここでは結果だけをお話しして読者の判断に任せることにする)

小島さんが亡くなってから私は二度ほど交霊会で小島さんを呼んでもらった。その最初のときの話である。平成十九年四月四日、亡くなってから半年ほど後のことだ。記録があるので、それに従ってお話しする。

小島さんはまだ眠っておられた。亡くなってから眠ったままでいる人は非常に多い。起こすと、

「ああ、眠ってしまったな」

と、気持ちよさそうに眼を覚ました。

「霊界の居心地はどうですか」

「眠ったから、まだわからない」

これは当然だろう。

「ここにいるのはあなたの愛弟子です」

さにわ（霊能者の先生）であるOさんが言うと、小島さんに変わった弟子の霊能者がにこにこして私を見る。そこで私が進み出て、

「生前はずいぶんお世話になりました」

と両手を突いて頭を下げる。

その次である、驚いたのは。

「昔、父親だったからな」

あっ、と思った。

そうだったのか。

私は一瞬、言葉が出なかった。だが、そうしてはおられない。目の前にいる霊が本当にこちらの望む相手なのかどうかを確かめなければならない。それが交霊会のルールである。交霊会というのは結構忙しいのである。

「亡くなるときにぼくが書いた本（『海洞――アフンルパロの物語』）をお棺の中の枕元に入れて一緒に茶毘（だび）に付していただきましたが、お読みになりましたか」

「ああ」

「どうでしたか。これからどうしたらいいですか」

「君は（あの本によって）母親の供養をした。母方の方が因縁が深い。長野（母方の先祖の出身地）を大事にすることだ。それから父方の先祖も。書くことは供養になる。先祖には浮かばれてい

ない者が大勢いる。君の役目はそれらの人々を救うことだ」

小島さんに変わった霊能者は、終始、小島さんを思わせる笑顔で話した。

『海洞――アフンルパロの物語』は小島さんが亡くなる直前に発売された上下二段組六〇〇ページの大冊である。眠っている間によく読んだものだと思うが、内容についてはその通りである。「母親の供養」ということは私もそう考えていたし、内容を一口に言ってみろ、と言われれば、それが一番近い言い方ではないかと思う。もっとも、「書くことは供養になる」というようなことは、生前の小島さんからは聞いたことのない言葉である。

次に、霊能者の先生が「今後も三浦をよろしくご指導ください」と言うと、小島さんはまた驚くようなことを言った。

「クールな男でね、この人は。おそろしいほどクールだった……」

これも生前聞いたことのなかった言葉だが、後で私の家内に話したところ、その通りだと言った。

「小島さんはやっぱりよく知っていたのね」と。

小島さんが泣いた後、忘年会でシャンソンを歌ったことを考えると、その通りかもしれない。小島さんは笑顔だったが、腹の中では、なんとクールな男だろうと思っていたのだろう。しかし、一方、そのクールさを買ってくれてもいたのである。と言うのは、奥さんが亡くなってすぐに私が彼の家に寄宿するようになったのは、「家族（小島さんと長男、長女）が落ち込んでいるから、君のように周りがどう思おうと平気でいる人間に来てもらえば、気が紛れる」と、私に言ったからである。「クール」という言葉こそ使わなかったが、付き合いはじめた最初の頃からそう思っていたに違いない。

それはともかく、最も衝撃的だったのは、「父親だったからな」の一言だった。それですべてがわかった気がしたのだ。

小島さんが泣く姿を見て、どこか懐かしい気がして、謝りもせずに眺めていたこと。まあ、よかった、よかった、機嫌が直ってよかった、とこっちも嬉しくなってシャンソンを歌ったこと。後藤明生に「あの人は伍長だね」と言われて不思議に思ったこと、それらは全部「父親だった」という言葉に含まれてしまう。もっともそれが事実であったかどうかは別問題だが、事実であろうとなかろうと「父親だった」と考えれば、今までの不思議さが全部溶解して、素直に心に入るのである。

それで思い出したことがあった。

やはり寄宿していた頃の話だが、応接間の絨毯の上に向き合って坐っていたときのことだ。何を話していたのかは忘れたが、話が途切れて少し沈黙があった。すると私の胸に話の続きの言葉が浮かんだ。次の瞬間、小島さんが全く同じ言葉を言いはじめた。

こんなことは親しい者同士が話し合っているときにはよく起こることかもしれない。しかし、そのときは、私には小島さんの心の中が垣間見えた気がしたのである。

もう一つ。

子供たち二人を抱え、その上私まで背負い込んで孤軍奮闘していた小島さんは、再婚の相手を探しはじめた。そこで私も力になろうと、たまたま友人の姉で独身の人がいたので、当たりをつけに行ったところ、一度会ってもいいという返事をもらった。

その頃小島さんは郷里の岐阜の方へ帰っていて、戻ってくるまでに数日あった。岐阜には弟さんの他に、小島さんの文学仲間や小島さんを慕う何人もの人たちがいて、年に何回か旧交を温めてくるのである。

晩、小島さんの留守の応接間に坐って彼のことを考えていると、ひょっとすると再婚相手を探しに岐阜に帰ったのかもしれない、という考えが浮かんだ。

これはいかん、もし、話がついてしまったら、こっちの話が無駄になる。

そう思った私は、何か急用があったら連絡してくれと言われた電話番号に電話をかけた。

出てきたのは小島さんの友人で、小島さんは今、自分の家で一人の女性と話をしているところだと言う。やっぱりそうか、と思いながら、小島さんを呼んでもらった。出てきた小島さんに、こっちにも話がありますから、今決めないでください、と頼むと、小島さんは、そうか、わかった、と言って電話を切った。

数日経って帰ってきた小島さんは、

「いや、驚いたよ。よくわかったな」

と心から楽しそうに笑った。

この話を例の盛岡の先生に話したところ、

「三浦さん、それは波長が合うからですよ」

と言った。心には波長があるので、波長の合う相手は言うこともわかるし、何を考えているのかもわかるのだと言う。

親子だから波長が合ったのだと思いたいところだが、現実にはそうではない。むしろ逆の場合が多いのではないか。

私の実の父親がそうだった。私は彼を嫌っていた。私と父親とは違うと言い、学生の頃など、父に好意を持たない知人の家に行くと、そう公言して憚らなかった。

父は満鉄（南満州鉄道会社）の給仕をしながら苦学し、奨学金とＹＭＣＡの援助を受けて東北大学の電気科を、銀時計をもらって卒業した刻苦勉励型の男だったが、よほど貧乏が身に応えたとみえて、精神までが貧乏神の手で歪んで刻まれてしまったらしく、金銭感覚はもちろん、対人関係までが歪んでいた。

例えば、終戦後関西で中学校の先生をしていたことがあったが、神戸にいた生徒の家で、昼にお寿司のご馳走になったことがあった。すると、数日後に私を連れて行って、またご馳走になった。その後も何か口実を見つけてはそれを繰り返すのである。向こうがイヤな顔をするようになっても平気だった。

もっとも、戦前、東京の洗足で電器屋を営んでいた頃はそれほど厚かましくはなかった。資産家の娘であった私の母親がわがままいっぱいに暮らしていたのを黙って見ながら、家業に精を出し、商店主たちの間ではただ一人の帝大卒としていろいろ口を出していた。さすがに、喋ると立派なことを言っていたようだ。一人っ子の私を可愛がって、商店主たちの宴会があると、終わる頃に私を呼んでバナナをくれたことも何度かあった。

戦争で焼け出され、敗戦になって預金凍結、新円交換などにより一切の財産を失ってからは、人間が変わった。ケチで厚かましく、口先だけ立派な男になった。私は腹の中で「偽善者」と呼んで、できるだけ距離を置こうとしたが、母が亡くなった後、私の学資を作るために進駐軍で働いてくれた義理の母のために、親子の繋がりだけは保っていた。

状況が再び変わったのが、脳梗塞で倒れてからである。後遺症で口もろくに回らず、よだれを垂らし、失禁し、たわごとを言うようになってからは、義理の母親に頼り切って、何かというと鼻汁混じりの涙を流していた。

「ホトケさまになった」

と義理の母は言っていた。

私にとっては反面教師の最たるものであった。

「父親とはだいたいそんなものだよ」

と読者は言うかもしれない。

そうかもしれない。最近は親殺し、子殺しなどもずいぶんテレビや新聞を騒がせるようになった。しかし一方では、父親を尊敬し、父親の後を継ごうとする子供たちもいることも確かだ。私はかつて、頑固者の父を持った親戚の息子に、

「おやじのやってることなんか踏み越えていかなきゃだめだよ」

と言ったところ、

「ぼくは父を尊敬しています」

と言われ、へえ、そんな息子も世の中にはいるのかと、びっくりしたことがある。

本当の父親とは何なのか。

この世で自分を生んでくれた男親のことか。それとも、どこにいるのかもわからない、自分と波長の合う人間のことか。われわれが普通「父親」と呼んでいる人間は、せっかく生んでくれて自分自身の遺伝子をたくさん送り込んでくれたにもかかわらず、どうしてぼくら子供たちと波長が合わないことが多いのか。世の中の仕組みは一体どうなっているのか。親子の関係というのはこの世、一代限りのものではなく、何世代も前から、いろいろ結びつきを変えながら続いているものなのか。

人間の生まれというのは非常に神秘的で、単に遺伝子の相続ということだけでなく、どうして意識が生まれるのかということなど、まだまだわからないことが多いらしい。この頃は前世を記憶している子供たちの研究（事例収集）などがかなり行われているようだが、そういう子供の一人が、どうやって生まれてきたのかという問いに対して、「親切そうな人がいたので、その人のところがいいと思って生まれてきた」と言ったとか。これなどは波長が合った例だろう。また、意識が細胞分裂のみによって成長するのではないことを示しているとも言える。

まあ、研究が進めばだんだんといろいろなことがわかってくるのだろうが、今のところ私に言えることは、父親は一人だけではないということだ。この広い世の中には「心の父親」とでも呼べる人がどこかにいるということは心しておいた方がいい。

父親について言えるなら、母親についても同じことが言えるだろうし、兄弟姉妹親戚全部についても言えるに違いない。「四海同胞」とまでは言えないにしても、私たちはもっと広く温かい眼で世間を見渡すのがいいようだ。

この辺でもう一度本の話に戻ろう。

これを書いている間にふと気がついたことがあって、本棚を調べてみた。すると、あった、あった。人から借りておいて返さない本が何冊も出てきたのだ。

古いところでは、アメリカの大学の英文科にいた頃、親切な老教授が貸してくれた川端康成の『雪国』の英訳本。また当時ルームメートだった友人の『T・S・エリオット詩集』。日本では、高校の同窓生から借りて、彼の死後私の手元に残った聖フランチェスコについての日本語と英語の三冊の本。彼はその聖人を慕ってネパールでキリスト教団の医者をしていた。やはり亡くなった友人の本をそのままにしてあるのが、ゴールドという人の書いた催眠術についての歴史。英文の分厚い本だ。この友人は二十世紀文学会の会員で、授業中に催眠術をやってみせた。まだある、中国文学研究者から借りた三冊の北島（ペイ・タオ）の詩集。霊能者から借りたカタカムナ文化についての数冊の本。その他……。

まあ、このぐらいにしておこう。探せばもっと出てくるに違いない。どれも貴重な本だ。中にはもう手に入らないものもある。

こうなると、借りた本を返さないといって、小島さんだけを責めるわけにはゆかなくなる。おそらく誰もがやっていることだろう。ただ人によって本に対する愛着心が違うだけだ。それに、本という知的財産は万人のものだという暗黙の了解が、本のやり取りを寛大なものにしているのではないか。

私など、小島さんに対しては借りてもらうのが嬉しいくらいだった。彼が本に対して人並み外れた関心を示し、私のつまらぬ意見にも相槌を打ってくれたからだ。どうぞ、どうぞ、と言って貸してから、後で、しまった、また返してくれないのではないか、と思っても、もう遅かった。

本が返ってこないのは貸す方にも問題がある。貸す方も喜んでいるようでは、返す、返さないは、はじめから問題視すべきことではないかもしれない。

小島さん、済みませんでした。

交霊会の小島さん

私のエッセイ「小島さん、済みませんでした」でも触れていますが、小島さんが亡くなってから、私は二度、交霊会で小島さんを呼んでもらいました。その記録が残っていますので、付録としてここに掲載いたします。付録ですので、読まなくても、この本を理解する上で差し支えありませんが、興味のある方はどうぞご覧ください。

最初の交霊会は、平成十九年（二〇〇七）四月四日です。小島さんが平成十八年四月二十六日に亡くなってからちょうど一年ほどの頃で、二度目の交霊会は、それから五年後の平成二十四年（二〇一二）四月二十三日に行われました。

小原みきさんについて

場所は盛岡の小原みきさんという霊能者の自宅です。小原さんのことは、私のエッセイ集『見えない世界と繋がる』に詳しく書いてありますが、私が昔、理事だった日本心霊科学協会所属の霊能者だった方で、平成三十年一月に亡くなりました。私は毎年のように彼女の開く交霊会に参加していました。

余談ですが、亡くなった翌年、はじめてお墓参りに花巻に行ったところ、五月の末の暑い日でしたが、二、三糎（センチ）ほどの小さい蛙が墓石の上に坐って、お坊さんが御経をあげている間、じっとこっちを見ていたということがありました。小原さんの甥御さんが気がついて、

「また来てる」

と言い、朝、私が来るというので、お墓の掃除をしに来たところ、墓石の上にその蛙がいたので、

「そんなとこさ坐ってたら、暑くなって死んじゃうぞ」

と言いながら、蛙を手にとって隣の田んぼに投げてやったのに、また来ている、という話をしてくれました。それを聞いた家族の皆さん、

「会いに来たんだね」

と言っていました。

さにわ

小原さんは、交霊会では「さにわ」という役目をされました。「さにわ」というのは「審神者」とも書きますが、出てきた霊を審く役目です。小原さんにはお弟子さんが何人かいて、その人たちが霊媒となって、霊の受け皿になる、つまり霊が降りてくる。その霊が果たして本物であるかどうかを見極めるのが審神者の役目です。ですから、お弟子さんたちに勝る霊能と長年の経験が必要なわけです。霊には邪霊もあり、浮遊霊もあり、動物霊もあり、人間を騙そうとしている者たちがたくさんいますので、「さにわ」の役目は非常に大事なのです。

霊媒・平野睦子さん

小島さんを呼んでいただいたときには、二度とも、平野睦子さんという盛岡在住の当時五十代の主婦の方が霊媒をしてくださいました。彼女は守護霊を出すことのできる数少ない霊媒の一人でした。「守護霊」というのは、人間一人ひとりについて守っている非常に因縁の深い霊のことで、人によって違いますが、だいたい二、三百年前のご先祖の一人だそうです。普通は、なかなか出てきていただけない。それだけ、並みの霊媒では手の届かない（念の通じない）ところにいらっしゃる霊のようです。

それでは、お待たせいたしました。交霊会にご案内いたしましょう。

交霊会1

場所：　盛岡、小原みき宅
時期：　平成十九年四月四日（水）
さにわ：小原みき
霊媒：　平野睦子
依頼者：三浦清宏

三浦　小島信夫さんをお願いいたします。
小原　（両手を合わせ、人差し指二本を合わせて突きだし、霊媒・平野睦子の額に向け、念を送る。数秒の後、平野の顔が、眼を瞑（つむ）ったまま、前に傾く）小島信夫さんですか。
小島（平野）　（返事なし。眠った状態）
小原　（線香を一本とって、火をつけ、煙を下から小島［平野］の顔にかける）
小島　（眼を覚ます）ああ。眠ってしまったな。
三浦　せっかく眠っているのに、起こしてごめんなさい。
小島　いや、いや。この方がいいんだ。
三浦　霊界の居心地はどうですか。
小島　眠ったから、まだわからない。

小原　ここにあなたの愛弟子が来ています。
小島　（にこにこして、三浦を見る）
小原　誰か会いに来ていますか。
小島　白い髭の白装束の老人が見える。
三浦　生前はずいぶんお世話になりました。
小島　昔、父親だったから。
三浦　亡くなるときに、枕元にぼくが書いた本（『海洞――アフンルパロの物語』）を置き、棺に入れて茶毘（だび）に付していただきましたが、お読みになりましたか。
小島　ああ。
三浦　どうでしたか。これからどうしたらいいですか。
小島　君は（あの本によって）母親の供養をした。母方の方が因縁が深い。長野（母方の先祖の出身地）を大事にすることだ。それから父方の先祖も。書くことは供養になる。先祖には浮かばれていない者が大勢いる。君の役目はそれらの人々を救うことだ。（小島さんらしく、にこにこしながら話す）
小原　これからも、この者（三浦）を助けてやっていただけますか。
小島　（うなずいて、小原に向かい）クールな男でね。おそろしいほどクールだった。（自分の首から上を指して）こっちの方でやってるもんだから。（自分の胸を指して）こっちにいっぱいあるんだが、（腹を手で押さえて）こっちに押し込んでね。（三浦を見て）人のオカシなところをたくさん書きなさい。自分のこと。他人のこと。

三浦　お別れの会のときに、小島さんのオカシなところをずいぶん喋りました。

小島　（にこにこしながら頷く）人のためになることを書くんだ。そうすれば、君の書いたものは人に読まれてゆく。

三浦　小島さんの一周忌に……

小島　もうそんなになるのか。

三浦　いえ、いえ。まだ先の、今年の末の話ですが、小島さんを主題に、シンポジウムのようなものをやりたいと思っていて、小規模にやった方がいいという人もいますが、ぼくは、出版社を巻き込んで大々的にやろうと思っていますが、どう思われますか。

小島　どちらでもいい。

小原　今後もこの者を見守ってください。

小島　（にこにこして三浦の手を握る）

三浦　霊界でも幸せに暮らしてください。いろいろ書いて、霊界の人たちにも見せてください。

小原　ああ、お迎えが来ましたね。（心霊ののりとを唱える）

小島　（表情が消え、平野睦子の顔に戻る）

交霊会2（五年経って）

場所：　盛岡、小原みき宅

時期：　平成二十四年四月二十三日（月）
さにわ：小原みき
霊媒：　平野睦子
依頼者：三浦清宏

小原　ありがとうございました。よくお出でになりました。
小島（平野）　その節はお世話になりました。
三浦　小島さんですか。
小島　（頷く）
三浦　しばらくです。三浦清宏です。
小島　世話になったな。
三浦　お元気そうですね。
小島　気持ちの良いところに坐らせてもらっています。
三浦　私もそれを聞いて、たいへん嬉しく思います。毎日、どういうことをされておられますか。
小島　どなたか、き（貴、黄、奇）な光が上にある。一人、一人、こう照らしてくださっている。まず最初は、心まだつらかった。いろんな、生きているときは、後悔もあった。ああすれば良かった、もっとこうしたかったというものが、たくさんあったような気がするが、今は、それがなくなった。

三浦　そうですか。

小島　ありがたいことよ。（小原さんに）導いてくださってありがとう。

小原　ここにいるそなたの弟子の三浦清宏さんが、こういう形をとってくださいました。

小島　ありがとう。

三浦　いえ、いえ。

小島　こういうご縁がなければ、いつまでも眠っておっただろうな。こういう世界があることを知って、本当によかった。

三浦　それで、先生、そうやってご自分の過去の出来事をいろいろと見ておられる間に、何か非常に心に残ったということがございますか。

小島　それがなあ、不思議なことに、あったはずなのだが、思い出し、後悔もするが、それを反省すると、その思い出はもうなくなる。不思議だなあ。無になるというのか。なんであの若い頃はあれほど悩んだり、怒ったりしたんだろうということが、何でもないことに思えて、もう、思い出すこともなくなる。不思議な世界だなあ。

三浦　それを今も続けておられて、これからもずうっとされるのでしょうか。

小島　そうだろうな。お許しがあるまでは。

三浦　あの、先生は、この現象界におられたときは、小説をたくさん書かれ、非常に多くの皆さんがそれを読んで、「大家」と言われるほどの立場におられましたが、その書くということについて、霊界にあっても、それに関するようなことはお考えになりますか。

小島　ないねえ。

三浦　ないですか。

小島　私が、あの生き方をするのが、生きていたときの務めであったでしょう。ただ、これからはまた違う。それを悟らせられた。また、元気にはなっても、思い残すことはない。

三浦　そうですか。

小島　ただこうして、そなたの顔が見えて、嬉しい。

三浦　見えますか。

小島　少し年寄ったなあ。

小原・三浦　（笑う）

小島　老けたな。

三浦　私もだいぶ……まだ先生の最後の年齢には十年ほどありますけれど……。そうしますと、今のお話では、生きている間は、生きている間にする務めというものがあって、それをやらなければいけないと……

小島　そうであったということだなあ。

三浦　それぞれの人に、定めとしてある仕事を、生きている間はやらなくてはいけないと。生きている間から、今言われたように、すべてのものはどうでもいいというふうに、どうでもいいというのはおかしいですけれども、何でもないことだというふうには思わない方がよろしいんでしょうかね。

小島　役があって生まれてきた。そう思えば、肩に力も入らぬだろう。そういうふうに教わりました、この世に来てから。

三浦　はあ。

小島　よいところだよ。

三浦　そうですか。

小原　陰ながら、三浦先生にお力を貸していただけるでしょうか。

小島　今の自分には、そういうことはまだできない。そうなればなあ。

三浦　ありがとうございます。そうなったときにはよろしくお願いします。それで、あの、先生のお子さんなどもまだ生きておられますが、何か仰りたいお言葉があったら、お伝えしますが、何かありますか。

小島　何にもない。

三浦　そうですか。

小島　生きている者たちは、それぞれに務めがある。それを果たしてから帰りなさいと、それだけだな。

三浦　そうですか。

小島　何もなくなるということは、心が穏やかになる。不思議な世界だな。

三浦　魂というのは、そういうものですかね。

小島　ここが済んだら、その後どうなるかわからぬがな。またこの世に産まれ出るかもしれないし、そのまま上におるかもしれないし、そこはまた、お任せだ。

三浦　また霊界の方で、別なお仕事をなさるかもしれませんよね。

小島　それはすべて上の方のお任せ。

三浦　私はいまだに小説を書いたり、エッセイを書いたりして、それが私の務めだと思いますが、今はそういうことにあまりご関心はないかもしれませんが、何かご忠告いただけることがあったら、お話しいただけますか。

小島　一つだけ、書物に書くというものは、人に与えること大きい。それだけだ。自分の思いを押しつけるのではなく、相手を思いやる。それを忘れぬでおくれ。それだけだ。ああ、お迎えが参りましたなあ。

小原・三浦　ありがとうございました。

小原　では、どうぞお上りください。

小島　ではな。今日はありがとう。

小原　（覚醒した平野霊媒に）大丈夫だ。すごくチャット一人で上がっていったからね。

平野　スーッと上に昇って行かれました。

小原　成仏するというのはこういうことですかね。

著者註

亡くなってまだ数年しか経っていない場合、こうやって身軽に、自ら進んで、上に昇ってゆく霊は少ない。ほとんどの霊は地上に未練を残し、「さにわ」の説得と、運がよければ霊界からの手助けによって、不承不承、半信半疑で、去ってゆく者が大部分である。小原さんが珍しがったのも無理はない。それから、小島さんの言った言葉に、「そなた」というような小島さんらしくない言い回しがあったが、小原さんの交霊会では、霊界の人物との対話に普通に用いられる言い方で、平野霊媒もそういう言い方に慣れているために、自然とそうなったと思われる。

あとがき

やっとできあがったという感じである。

四、五年ほど前のことだったろうか、久しぶりに二十世紀文学会に顔を出した。この会では、会員が交代で話をする仕組みになっていたが、私はその二、三年前に退会していた。ところが、何かの事情で、出てみたところ、会員の数もずいぶん少なくなっていて、同じメンバーの話ばかりではと、私にまた話をするように声がかかった。

小島信夫さんが亡くなって数年経っていた。私が会を辞めたのも、小島さんがいなくなったからだったが、それなら、小島さんの話でもしようか、ということになった。

年末のある日、小島さんの話ということで、いつもよりも多い人が聴きに来てくれた。その中に作家の中村邦生さんがいて、帰る時に、

「おもしろいから本にしたらどうですか。今度、編集者を連れて来ますよ」

と声をかけてくれた。

そうして、次の話の時に、水声社の小泉直哉さんはじめ、小島文学に関心があるという若い人を二人ほど連れてきた。アメリカ文学者で文芸評論家の千石英世さんも、中村さんに誘われて来てくれた。

本にしようという動きが具体化したのは、その時のことである。

考えてみれば、私が長いこと書く仕事から遠ざかっている時に、再び書こうという気を起こさせてくれたのは、いつも周囲からの一声だった。今まではだいたい小島さんからの一声だったが、今回は中村さんがその代わりをしてくれた。しかも小島さんについて書くということなので、私は、小島さんが中村さんを通じて声を掛けてくれたような気持ちになった。

私は懐かしい、楽しい気分で仕事をした。しかし話す内容を原稿として書いているうちに、これは単なる回顧録ではない、小島信夫という人物を通じて、自分がどう変わっていったか、どういう影響を受けたのか。それにはどういう意味があり、どう評価すべきなのか。いったい、自分にとって、小島信夫とは何者だったのか。そう考えるようになってきた。

最終章を書きながら、私ははじめて、この文章を書きはじめた本当の理由を理解した。私がいかに小島さんに依存していたか、小島さんあっての三浦清宏だったか。それは、本文を読んでいただくとよくわかると思うが、そうやって、私は自分にメスを入れ、痛みを覚えることによって、逆に小島さんに立ち向かう勇気を得た。そうして、最後の数ページで、生まれてはじめて小島信夫批判を展開したのである。

「斧に向かう蟷螂（カマキリ）」だということは十分に理解している。小島さんも、おそらく、草葉の陰で、

「まだ、分かっちゃいないな」

と苦笑いしているかもしれない。

私に言えるのはここまでだ。後は、読者の冷静な眼で、私がどこまで、今言ったような意図を達成しているのかを見ていただくしかない。

なお、個人的なことで恐縮だが、現在私は体調がたいへん悪い。

その経過を簡単に言うと、昨年の八月末に腸閉塞を起こして入院し、手術を受け、一時退院したが、その後、（脳の中に血が溜まる）硬膜下血腫で再入院。頭に穴を開けて血腫を取り出す手術を受け、年末にやっと退院したものの、腸閉塞の後遺症である胃腸の不具合から高熱を出して、心肺の機能が低下、医者から「心不全」と言われる状態となった。

今は家で酸素吸入をしながら、三度の食事に細心の注意を払っているが、思うように体力が回復せず、歩行もまだ困難で、何かというと居眠りしている。

「心不全」といえば、新聞の訃報などで死因としてよく使われる言葉である。

現在私は九十歳で、あと一ヶ月で九十一歳となる。

年齢から言えば当然なことが起こっているのであり、それまで何事もなく、旅行をしたり、人前で話をしたり、興に乗ってシャンソンを歌ってみせたりしたことが、むしろ異常だったと言える。

そういうわけで、小島さんについてのこの文章は、たまたま私の人生の締めくくりに書かれたことになり、死出の旅への餞（はなむけ）とも言えるものだ。

それが無駄花に終わらないことを祈りつつ、お別れの言葉を言いたい。

みなさん、ありがとうございました。

令和三年八月八日

三浦清宏

【初出一覧】

Ⅰ

運命の出会い……「二十世紀文学研究会」での発表（二〇一七〜二〇二〇年）をもとに書き下ろし

Ⅱ

「自分」を書け……大橋健三郎ほか編『小島信夫をめぐる文学の現在』福武書店、一九八五年

小島信夫の文体・覚え書……『水声通信』No.2（特集：小島信夫を再読する）、水声社、二〇〇五年十二月

小島さん、済みませんでした……二十世紀文学研究会編『読書空間、または記憶の舞台』風濤社、二〇一七年

交霊会の小島さん……書き下ろし

著者について——

三浦清宏（みうらきよひろ）　一九三〇年、北海道室蘭に生まれる。小説家、心霊研究者、元明治大学工学部教授。主な著書に、『イギリスの霧の中へ——心霊体験紀行』（南雲堂、一九八三年）、『長男の出家』（福武書店、一九八八年。表題作で芥川賞受賞）、『ポエトリ・アメリカ』（講談社、一九八八年）、『文学修行——アメリカと私』（福武書店、一九八八年）、『カリフォルニアの歌』（福武書店、一九八九年）、『摩天楼のインディアン』（福武書店、一九九一年）、『幽霊にさわられて——禅・心霊・文学』（南雲堂、一九九七年）、『海洞——アフンルパロの物語』（文藝春秋、二〇〇六年。日本文芸大賞受賞）、『近代スピリチュアリズムの歴史——心霊研究から超心理学へ』（講談社、二〇〇八年）、『見えない世界と繋がる——我が天人感応』（未来社、二〇一四年）などがある。

装幀――宗利淳一

運命の謎――小島信夫と私

二〇二一年九月一五日第一版第一刷印刷　二〇二一年九月三〇日第一版第一刷発行

著者――三浦清宏

発行者――鈴木宏

発行所――株式会社水声社

東京都文京区小石川二―七―五　郵便番号一一二―〇〇〇二

電話〇三―三八一八―六〇四〇　FAX〇三―三八一八―二四三七

［**編集部**］横浜市港北区新吉田東一―七七―一七　郵便番号二二三―〇〇五八

電話〇四五―七一七―五三五六　FAX〇四五―七一七―五三五七

郵便振替〇〇一八〇―四―六五四一〇〇

URL : http://www.suiseisha.net

印刷・製本――ディグ

ISBN978-4-8010-0592-1

水声社の本

《小島信夫長篇集成》

①島／裁判／夜と昼の鎖　解説＝春日武彦　八〇〇〇円
②墓碑銘／女流／大学生諸君！　解説＝石原千秋　一〇〇〇〇円
③抱擁家族／美濃　解説＝小池昌代　七〇〇〇円
④別れる理由Ⅰ　解説＝千石英世　九〇〇〇円
⑤別れる理由Ⅱ　解説＝佐々木敦　九〇〇〇円
⑥別れる理由Ⅲ　解説＝千野帽子　九〇〇〇円
⑦菅野満子の手紙　解説＝近藤耕人　八〇〇〇円
⑧寓話　解説＝保坂和志　八〇〇〇円
⑨静温な日々／うるわしき日々　解説＝中村邦生　六〇〇〇円
⑩各務原・名古屋・国立／残光　解説＝平井杏子　六〇〇〇円

《小島信夫短篇集成》

①小銃／馬　解説＝千石英世　八〇〇〇円
②アメリカン・スクール／無限後退　解説＝芳川泰久　八〇〇〇円
③愛の完結／異郷の道化師　解説＝堀江敏幸　八〇〇〇円
④夫のいない部屋／弱い結婚　解説＝平田俊子　八〇〇〇円
⑤眼／階段のあがりはな　解説＝いとうせいこう　六〇〇〇円

⑥ハッピネス／女たち　解説＝中村邦生　七〇〇〇円
⑦月光／平安　解説＝保坂和志　七〇〇〇円
⑧暮坂／こよなく愛した　解説＝千野帽子　八〇〇〇円

《小島信夫批評集成》

①現代文学の進退　解説＝中村邦生　八〇〇〇円
②変幻自在の人間　解説＝都甲幸治　一〇〇〇〇円
③私の作家評伝（全）　解説＝千石英世　七〇〇〇円
④私の作家遍歴Ⅰ　解説＝保坂和志　六〇〇〇円
⑤私の作家遍歴Ⅱ　解説＝宇野邦一　六〇〇〇円
⑥私の作家遍歴Ⅲ　解説＝阿部公彦　六〇〇〇円
⑦そんなに沢山のトランクを　解説＝堀江敏幸　九〇〇〇円
⑧漱石を読む　解説＝千野帽子　八〇〇〇円

＊

小説の楽しみ　小島信夫　一五〇〇円
書簡文学論　小島信夫　一八〇〇円
演劇の一場面　小島信夫　二〇〇〇円
未完の小島信夫　中村邦生・千石英世　二五〇〇円
小島信夫の文法　青木健　二五〇〇円
小島信夫の読んだ本　小島信夫文庫蔵書目録　昭和女子大学図書館編　五〇〇〇円
小島信夫の書き込み本を読む　小島信夫文庫関係資料目録　昭和女子大学図書館編　五〇〇〇円
水声通信②／小島信夫を再読する　一〇〇〇円

［価格税別］